Et pourtant nous étions heureux

Jacques Duquesne

Et pourtant nous étions heureux

Albin Michel

IL A ÉTÉ TIRÉ DE CET OUVRAGE
VINGT EXEMPLAIRES HORS COMMERCE
SUR VÉLIN BOUFFANT DES PAPETERIES SALZER
NUMÉROTÉS DE I À XX

22, rue Huyghens, 75014 Paris
www.albin-michel.fr
ISBN 2-226-13746-7

Rose, mauve, taché de rousseurs, le ciel se barrait de longs nuages noirs qui se confondraient bientôt avec la nuit. Nous étions réunis, trois ou quatre dizaines de parents et d'amis, dans le jardin derrière la maison, à quelques centaines de mètres du petit cimetière berrichon où était désormais enfermé le corps de mon frère. J'ignorais pourquoi on nous avait poussés sur cette pelouse alors que la pluie menaçait, qu'un petit vent humide nous frôlait, douceâtre et traître.

Alors, un homme a surgi de je ne sais où. Surprenant puisqu'il portait des bottes. Et nous : manteaux noirs, imperméables grisâtres, chaussures basses, tenues d'enterrement.

Je n'ai vu d'abord que ses bottes. Compris ensuite. Il avait creusé un trou dans l'herbe, allait planter là un chêne. Un petit bout de chêne maigrelet, tout jeune. Mais c'était la vie qui continuait. Un défi à la mort. Alors, j'ai pensé au cheval.

Nous en avions parlé, mon frère et moi, quelques jours plus tôt, dans sa chambre de la clinique. Il savait qu'il allait mourir, se préparait, courageux. Nous évoquions des souvenirs, sans nostalgie. Dans la paix. Si paisibles que j'en étais surpris. J'avais vu d'autres morts, dialogué avec d'autres mourants. Quand mon père alité, cancéreux, m'interrogeait sur ses chances de survie, j'avais joué la confiance en regardant ailleurs, en fixant, par la fenêtre, la maison d'en face. Je ne crois pas l'avoir trompé beaucoup. Mais avec mon frère... Des moments de notre enfance surgissaient soudain, s'imposaient à nos mémoires dans cette pièce blanche et bleue encombrée de tuyaux.

— Te souviens-tu du cheval ?

Bien sûr. Il n'avait pas à me préciser lequel. En dépit d'un silence de soixante ans. Un silence sans raison ; le temps qui passe ; mais non l'oubli... Et voilà le cheval soudain réapparu. Parce qu'il défiait la mort, lui aussi. Je ne l'ai compris qu'ensuite.

Une des rares journées grises du joli et terrifiant mois de mai 1940. Le 30, précisément.

Je pourrais raconter ces semaines jour par jour. J'avais dix ans, un âge où l'on n'oublie plus ou pas encore. Je crois qu'il avait plu un peu au petit matin. La route brillait, humide. Nous marchions parmi d'autres fuyards, une petite foule, familles et soldats mêlés.

L'avant-veille, un ordre absurde, des affiches signées d'une anonyme autorité nous avaient enjoints de quitter les abords de notre ville, Dunkerque, où s'entassaient des armées en déroute, Dunkerque qui brûlait, martyrisée par les avions de Goering et les canons de la Wehrmacht, toute proche. L'ordre était de chercher refuge en Belgique, dont le roi venait de capituler. Nous l'ignorions. Nous ignorions tout, sauf le bruit, le désordre, les rumeurs, la fumée et le sang, la mort. Nous avions obéi, pris la route, marché. Aux abords d'un petit bois, une poignée de soldats anglais, terrés autour d'une lourde mitrailleuse, nous avaient fait signe de nous arrêter. Nous avions compris qu'il serait dangereux de pousser plus loin, que les Allemands étaient à deux pas, derrière ces arbres peut-être. Il fallait rebrousser chemin. Des avions parfois nous survolaient, piquaient vers nous, vers d'autres groupes, mitrailleuses en action. On s'allongeait, on se secouait, on repartait. Dans un petit village proche de la frontière, nous avons fini par squatter, deux jours à peine, la toute petite maison d'une grand-mère dont la fille avait habité notre quartier : elle ne nous connaissait guère, mais s'était laissé envahir, placide, gentille. Nous étions une dizaine pourtant.

Puis les adultes ont décidé qu'il fallait revenir à notre point de départ. Ils ignoraient que là, précisément, au long d'un mince canal – les canaux se croisent partout dans cet espace d'eau et de terres mêlées – s'établirait le front jusqu'à la fin du siège, ou presque. Mais c'est une autre histoire.

Nous avions donc repris la route. Les avions tourbillonnaient sur la ville, plus loin, dans la noire fumée d'une raffinerie en flammes. Des canons grondaient à droite, à gauche, partout. Nous, les enfants, savions déjà distinguer leurs bruits : un tir d'artillerie, le fracas d'une explosion, les claquements de la DCA, les obus de marine, le 75 français, le 77 allemand.

Nous arrivions à un carrefour à peine encombré quand des chasseurs ont surgi, si proches soudain que l'on pouvait distinguer leurs croix noires. Une rafale d'artillerie est tombée très près, une autre plus loin devant.

Les avions revenaient, tiraient encore. Puis le silence, l'étonnant silence que s'offre parfois la guerre. Les fuyards, nous, toujours plaqués au sol, muets. La vie arrêtée.

Alors, il est apparu. Seul, nu, sans harnais ni cavalier. Allant droit devant lui sur la chaussée déserte, encolure dressée, noble, fier. Une bête de sang, un seigneur avec ce qu'il faut de morgue dans le pas, de lenteur, quelque dédain aussi quand il jetait la tête de côté et d'autre, apercevant peut-être les groupes figés dans les fossés, au long des haies et des murs.

Il était presque blanc. Mais le poitrail laqué de sang, le ventre ouvert d'où commençaient à pendre des tripes grises et roses. Des frissons glissaient sur sa peau quand il nous dépassa. Il connaissait son destin. Il se préparait à mourir. Digne. Impassible. Debout aussi longtemps qu'il le pourrait. Comme les chevaliers de mes livres de gosse. Ou les grognards de Napoléon à qui je vouais alors un culte. Un peu plus loin, il trébucha, valsa dans le soleil et réapparut. Puis repartit. Mais cette valse, je l'ai peut-être rêvée.

Les avions sont revenus. Nous sommes restés terrés. Les herbes du fossé glissaient sur mon nez, chargées d'eau, glaçantes.

Je ne l'ai plus revu.

Je ne l'ai jamais oublié. Je n'en ai presque jamais parlé. Sauf en ce jour de la fin du siècle dernier, avec mon frère.

Je m'étais parfois demandé pourtant d'où pouvait bien sortir cet aristocrate que je n'imaginais pas attelé à des chariots, des canons ou des caissons.

Plus tard, j'ai fouillé des livres et des archives, appris qu'en 1939 l'armée française comptait dix régiments à cheval « endivisionnés », une brigade de cavalerie métropolitaine, trois brigades de spahis et ainsi de suite. Qu'aux abords de la frontière belge, justement, avaient été parquées des bêtes de « remonte », de rechange si l'on veut, des étalons. Que deux mille chevaux avaient été tués ces jours-là.

Je me suis même intéressé aux temps anciens – cinq ou six millénaires avant notre ère – où des nomades avaient commencé, du côté de la mer Noire, à capturer ces rapides coursiers pour les charger de fardeaux. J'ai suivi le parcours du cheval à la guerre, depuis l'époque des Sumériens jusqu'aux montures des dragons de 14, ces soldats qui racontaient comment, à la fin d'une épuisante retraite, du côté de la Marne cette fois, leurs pauvres bêtes se traînaient, harassées, fers usés, dos blessé d'avoir trop longtemps porté harnais, paquetages et cavaliers. Des canassons qui tombaient au bord des chemins, puant de pus, de sueur et de sang.

Tandis que lui, le mien, le nôtre, défiait la mort, la narguait, dressé, fier. Et, soixante ans plus tard, ou à peu près, alors que nous jetions quelques pelletées de terre autour du petit chêne dans le jardin de mon frère, je l'ai revu, le cheval presque blanc, je me suis dit que je restais seul avec ce souvenir et tant d'autres. Ceux d'une enfance dans les années trente et quarante.

Tous ces souvenirs sont uniques, mais la plupart n'ont rien d'original. Il y eut cette bataille bien sûr, et la guerre. Le reste, c'est la vie d'une famille du peuple dans le Nord industriel, la vie d'une rue, d'un quartier, d'un monde disparu.

Je m'agace parfois d'entendre parler de mémoire ; la répétition de ce mot, toujours repris, m'énerve autant qu'une rengaine. Je ne suis pas non plus très porté à faire confidence. Mais les gens de ma rue, les miens, ont mérité que l'on parle d'eux aussi. Ce que ces humbles ont vécu doit laisser une trace.

Et pourtant nous étions heureux

Pourquoi chercher d'autres justifications ? J'écris ce livre parce que le désir m'en a pris. Et je voudrais le commencer par cette affirmation : en dépit de ce que l'on vient de lire, ou de ce que l'on va lire parfois, nous avons connu le bonheur.

Le pouce de ma mère

Les mains de ma mère glissaient, douces, sur mon corps d'enfant quand elle me faisait « la grande », le dimanche matin. Je veux dire la grande toilette, les pieds dans la bassine d'eau tiède posée sur l'unique table, celle où j'étais né, celle des repas familiaux, du repassage, des cahiers et des devoirs quand nous fûmes en âge de travailler de la plume et du crayon.

« La grande » commençait par le signe de la croix qui tenait lieu, alors, de messe pour elle et pour moi. J'étais trop petit, les travaux trop pressants. Le repas du dimanche, bien que préparé dès la veille, l'absorbait assez pour qu'elle n'en distraye pas une heure pour l'église. Sans compter que sortir pour la messe signifiait veiller à la toilette, au chapeau, se poudrer de « Soir de Paris », marque Bourgeois L.T. Piver, une ronde boîte bleue aux petits dessins argentés où l'on distinguait une tour Eiffel et de minuscules personnages qui m'amusaient.

Ma mère était très croyante pourtant. Elle ne manquait jamais de tracer une autre croix, d'un rapide coup de couteau, sur chaque boule de pain qu'elle entamait. Elle appartenait aussi à la Ligue féminine d'action catholique, ce qui signifiait seulement, il est vrai, la visite régulière d'une responsable appelée « dizainière », une « dame », l'épouse d'un petit notable, qui venait livrer un modeste journal et indiquer, sans grand espoir, la date d'une prochaine réunion.

Après le signe de la croix venait la toilette des cheveux. Sauf en période offensive des poux : la contre-attaque immédiate, les soirs de semaine, était l'affaire de ma sœur, de sept ans mon aînée, qui semblait apprécier de passer ma tignasse au peigne fin et aimer l'odeur de la Marie-Rose, « la mort parfumée des poux », comme disait la publicité (contrairement à une légende tenace, ce mot était déjà aussi répandu que « réclame »). Ces parasites disparus, une louche puisée dans la bassine faisait, le dimanche, office de douche. Le frottis des mains dans les cheveux m'amusait. L'eau savonneuse, piquant les yeux, provoquait une suite convenue de petits cris, vite apaisés par la caresse des mains sur le cou.

J'étais trop bébé, trop affairé à me débattre, par jeu, en éclaboussant la toile cirée, je ne remarquais pas, alors, qu'un pouce de ma mère, le gauche, se distinguait des autres doigts. Non qu'il fût déformé : il s'était, au fil des jours et des ans, coloré, bistré, noirci. La peau, un peu bombée, devenue corne, blessée de fines plaies. Je n'oserais pas écrire cicatrices, tant ces lignes, ces raies, étaient minces, n'avaient peut-être jamais laissé perler le sang. Mais elles avaient tant de fois ouvert la chair du doigt à la sève, au jus, à l'acide, au sucre des fruits et des légumes ! Pour une simple raison : ma mère tenait, pour les peler, la pomme de terre, la carotte, le navet, dans la main gauche ; le couteau finissait toujours sa course sur ce pouce, s'attaquait à cette peau durcie, la teintait. Je crois qu'elle n'en sentait même plus la morsure.

Elle n'avait pas encore découvert le couteau dit « Économe », inventé à Thiers au début des années trente, à la lame en forme de gouttière présentant, au fond, une ouverture à deux bords tranchants. Un instrument ménager qui permettait d'enlever la plus fine peau des tubercules et qui se vendrait à des millions d'exemplaires.

Ma mère éprouvait pour les légumes une passion qu'inspirait le désir de nous voir grandir beaux et forts. Ils étaient le garant d'une santé parfaite, chacun pouvant se targuer d'une singulière vertu, les épinards chargés évidemment de fer, les haricots verts de vitamines, les blancs (en purée) calmant les brûlures, les carottes garantissant la beauté de la peau, les oignons récurant le tube digestif et l'ensemble évitant les multiples méfaits de la constipation.

Cette passion pour les légumes, toujours qualifiés de « bons » comme s'il pouvait en exister de mauvais, n'était pas partagée par toutes les ménagères de notre quartier ouvrier, la Basse-Ville, au sud de Dunkerque. Ces femmes pourtant proches de la campagne, mais qui avaient passé leurs années de jeunesse en usine, préféraient d'ordinaire frites, purée, pommes vapeur, au four, « à la pelure » (quelques-unes, soucieuses de se distinguer, disaient « en robe de chambre »). Elles accordaient un égal intérêt aux pâtes Lustucru ou Rivoire & Carret, vite cuites. Et à la salade, l'été, quand s'offraient sur les talus, au long des canaux, des pissenlits qu'on n'allait pas, quand même, laisser aux lapins. Elles faisaient moins de soupe aussi, en dépit de la révolution de 1932.

La révolution de 1932, en vérité, fut discrète. C'était l'apparition du moulin à légumes Moulinex dont le brevet fut déposé le 16 février de cette année-là à quatorze heures cinquante, à Paris, par Jean Mantelet, artisan de Bagnolet, qui en avait assez de voir son épouse Fernande battre les pommes de terre à la fourchette pour en faire de la purée, a-t-il raconté ensuite (chez nous, on utilisait de préférence un maillet de bois baptisé presse-purée, et des tamis de ferraille vite attaqués par la rouille). Ce moulin à légumes, instrument trop méconnu de la libration de la femme, coûtait vingt francs, ce qui n'était pas rien. Il ne se diffusa pas rapidement. D'abord, la fête des mères n'existait pas, si l'on peut appeler « fête » une circonstance qui permet à tant d'hommes d'offrir à leur compagne des apparcils ménagers, utiles certes, mais sans attrait, alors qu'elles préféreraient bijoux, parfums ou fleurs.

Ici, ouvrons une parenthèse : contrairement à une autre légende, cette fête ne fut pas inventée par le régime de Vichy, mais par des commerçants appuyés par un gouvernement issu du Front populaire et soucieux de politique familiale pour des raisons démographiques. Ainsi, en 1938, mon frère et moi, ne sachant quel cadeau offrir à notre mère à cette occasion, avons fini par fixer notre choix sur un billet de la Loterie nationale... qui ne gagna évidemment rien.

Fermons la parenthèse. Retour au moulin à légumes accueilli avec faveur, mais des années seulement après le dépôt du brevet par l'artisan Jean Mantelet de Bagnolet. L'usage de cet instrument, il est vrai, n'était pas si facile : la ménagère, qui l'emplissait de liquide et de légumes et tournait ensuite la manivelle, devait presque toujours s'assurer du concours d'un auxiliaire qui fixerait solidement l'appareil sur un récipient, casserole ou marmite. Quand cela m'arriva, je fus à l'origine de quelques catastrophes.

Les femmes de mon quartier avaient d'autres raisons de ne pas adopter le moulin à légumes : le Front populaire arrivé au pouvoir avait fait bondir – pour quelques mois – le pouvoir d'achat. Il devint plus simple de se partager, en guise d'entrée, une tranche de pâté ou un morceau de saucisson que de se compliquer l'existence avec la soupe. La sourde bataille qui se livra dans notre rue entre charcutaille et moulin à légumes était trop inégale. D'autant que Viandox, bouillon Kub et potages Maggi suffisaient au bonheur des amateurs de boissons chaudes. La charcutaille l'emporta. Sauf chez nous, à mon grand regret. Mince compensation : je m'amusais de voir de minces fibres de poireaux ou de carottes s'accrocher, tremblotantes, aux poils des moustaches de mon père quand il « prenait » la soupe.

Si toutes nos voisines ne partageaient pas la passion de ma mère pour les légumes, leurs mains avaient aussi souffert. La plupart avaient travaillé en usine jusqu'à leur mariage, souvent jusqu'à la naissance de leur premier enfant. Se précipiter vers « la fabrique » au petit jour à l'appel des sirènes n'a jamais été libérateur. Les jeunes bourgeoises sociologues ou journalistes qui dissertèrent avec ferveur et foi, au long des années soixante-dix, sur le travail des femmes, l'ont souvent oublié. On chantait au contraire à Dunkerque, au début de ce siècle-là, l'histoire d'une fille qui travaillait « à la filature », dans une usine textile donc, où elle transportait de grosses bobines pour quatorze sous par semaine, mais était heureusement fiancée à un certain Fonche (Alphonse) qui l'épouserait à la fin du service militaire. Et la chanson ajoutait : « Si Fonche i veut être raisonnable, s'il va pas trop au cabaret, elle va rester dans son ménage, elle s'ra plus obligée de trimer. »

Une de nos voisines, qui avait travaillé au cardage (où l'on démêle les fibres textiles avec une machine garnie de pointes métalliques), racontait qu'elle « mangeait la poussière », que la plupart de ses compagnes tentaient de s'en protéger d'un mouchoir sur la bouche, mais qu'elle s'infiltrait, brûlait les bronches et les yeux, encrassait cheveux et vêtements, et que ces jeunes femmes, perdues dans ces nuages, se sentaient devenir balayures.

Je ne comprenais guère, alors : des femmes balayures ! Mais je pressentais la souffrance, la colère. Je la lisais dans les yeux. Je la devinais dans les silences qui suivaient ces récits. De brèves confidences plutôt, peut-être regrettées à peine lâchées. Car elles ne faisaient pas surenchère de leur malheur. Elles avaient tourné la page. Elles étaient « chez elles ».

Elle était là, la libération de la femme : chez elle. Pas à faire des ménages au tout petit matin chez les commerçants du centre-ville. Pas dans les hangars du port à raccommoder des sacs de jute avec des ficelles qui vous coupaient les doigts. Pas à trier pierre et houille sur les tapis roulants des carreaux de mines ou à faire la chaîne, la journée durant, pour transporter des briquettes de charbon, de brai qui brûlait les yeux. Ni dans les filatures au mouillé – au « frec » – où des robinets, surmontant les métiers, déversaient une eau chaude qui devenait vite vapeur, provoquait de précoces rhumatismes, enflait les pieds et les mains, devenues roses, gourdes et grosses, comme ébouillantées.

Ajoutez la honte, mal placée mais c'était ainsi : elles n'osaient pas se dire « filles de fabrique », ni avouer qu'elles l'avaient été des années durant. Tout comme celles qui se livraient aux plus rudes tâches sur les quais et les bateaux et qui s'affirmaient « dactylos du port », ce qui ne trompait personne, suscitait au contraire d'égrillardes plaisanteries. Car le travail, c'était aussi la promiscuité, les hommes toujours aux aguets. Dans les filatures, chaudes d'huiles, de vapeur, de suint, de machines qui claquaient, les contremaîtres surveillaient les plus malhabiles, les plus lasses de porter des bobines, presque nues sous leur tablier de travail, et qui, lorsqu'ils approchaient, s'énervaient, cassaient un fil, puis deux, tremblantes de peur qu'ils ne les chassent, à moins que... Certaines s'unissaient parfois, bien sûr, pour se défendre. Des « fortes en gueule » savaient se laisser caresser, juste ce qu'il fallait, pas plus, pour pouvoir en remontrer à l'homme, protéger les plus faibles. D'autres jouaient, en revanche, les séductrices, se jalousaient, s'insultaient ensuite au moment de quitter l'atelier, collées le long des murs, sous la planchette où elles avaient déposé gourdes, tartines et vêtements.

Presque toutes étaient de santé précaire. Résultat : nombre de grossesses, souvent non désirées, fruits de soirs de fête et de boisson, se présentaient mal. Les filles-mères étaient les plus mal loties, tenues en suspicion, sans défense : souvent rejetées par leurs familles, elles n'avaient que leur travail pour vivre, éviter la rue. Alors, elles faisaient « sauter » l'enfant. Une mauvaise, terrible journée à passer. Parfois davantage. Les gosses du quartier eux-mêmes savaient chez qui « ça » se faisait, comment se dégonflaient les « ballons ». Chez nous, « ça » se passait dans une rue proche de l'abattoir.

Une chanson venue de Paris, interprétée

d'abord par Mayol, reprise ensuite par le Marseillais Andrex et le chanteur d'opérette Luc Barney, célébrait alors les mains des femmes « admirables et tout semblables à des oiseaux », leurs doigts « mignons et frêles comme des ailes de passereaux », la « fine menotte qui court, pique, tricote ».

Bref, concluaient ces chanteurs :

« Je le proclame
Les mains de femmes
Sont des bijoux
Dont je suis fou. »

Le dénommé Émile Herbel, auteur de ces aimables propos, ignorait à coup sûr la vraie vie, comme on dit, des vrais gens. Mais les mains des femmes, en dépit de tout, étaient douces aux enfants. Ridées, déformées, rugueuses, sèches, boudinées, blessées, elles savaient se faire caressantes, adroites, consolantes. Admirables, elles aussi. Comme ce pouce bistre, cette corne que j'aurais dû embrasser. Pour remercier.

Le sac de mon père

Quand mon père rentrait du travail, j'attendais, impatient, qu'il ouvre sa sacoche. Il était sept heures, le soir. Les horaires variaient peu : de sept heures le matin à sept heures le soir ; arrêt de onze à treize heures, ou de treize à quinze pour le repas de midi que l'on appelait dîner. Ensuite, peu avant la guerre, fut instauré le système des trois huit (huit heures plutôt matinales, huit heures englobant l'après-midi, les autres la nuit). Le rite de la sacoche disparut peu à peu. D'ailleurs, j'avais grandi.

Cette large sacoche de cuir, portée en bandoulière, avait pour destination professionnelle de porter des plis officiels, des carnets de contraventions, que sais-je ? Mais mon père s'arrangeait pour en sortir, souvent à notre intention, des prospectus publicitaires, de vieux illustrés, parfois des bonbons, et, mieux encore, aux périodes de ducasses ou de foires (la ducasse en juin, la foire en janvier) des billets gratuits d'accès aux manèges. Ma mère nous y emmenait le jeudi. Elle aimait le « carrousel-salon », un manège découpé en compartiments où deux ou trois canapés un peu défoncés tentaient en vain de ressembler aux salons bourgeois dont elle rêvait peut-être. Nous préférions le « grand huit » et les autotampons. On s'ennuyait un peu sur ces poussiéreux canapés rouges, mais quoi, ça tournait et c'était gratuit ! Si nous avons bénéficié d'un tel privilège, c'est que mon père connaissait les forains et, je le crus longtemps, non sans raisons, toute la ville : il était agent de police.

Il ne l'avait pas voulu, mais cet état ne lui déplaisait guère.

Il se prénommait Louis. Comme son père, son grand-père, son arrière-grand-père, et bien d'autres avant lui, aussi loin que l'on ait pu remonter dans le temps, jusqu'au début du dix-septième siècle. Quelques fantaisistes de cette lignée avaient pourtant préféré Clovis, sans savoir qu'il s'agissait exactement du même prénom.

Son père, mon grand-père donc, avait bénéficié de solides études primaires. Ce qui était encore rare au dix-neuvième siècle. Je ne l'ai pas connu : il est tombé raide mort, un jour, en se hissant dans le « train ouvrier », comme disait la Compagnie du Nord, et la SNCF après elle, qui l'amenait au travail. Quand les Allemands s'étaient emparés de la région en 1914, ils en avaient fait un « prisonnier civil » : c'était une de leurs trouvailles. Enfermé quatre années durant dans un camp proche du front, peu nourri, mal traité, il en était sorti détraqué.

Je me suis toujours demandé d'où était venu à cet homme simple une belle fierté, exigeante, qu'il avait transmise à ses fils : « Quand on est Duquesne, on doit toujours faire mieux. » Certains actes, par ailleurs, n'étaient pas dignes d'un Duquesne. Demander par exemple, solliciter pour soi quoi que ce soit, argent, avancement, reconnaissance, félicitations ou décorations. L'honneur est la seule richesse des pauvres.

Cette fierté ouvrière n'était pas une exclusivité. Répandue, au contraire, elle exista longtemps. Dans les années trente, la JOC (Jeunesse ouvrière chrétienne) la magnifiait dans l'église de mon quartier avec des cantiques du type : « Sois fier ouvrier, ton œuvre est féconde, sans toi que deviendrait le monde ? » Les communistes en faisaient autant sur un ton plus guerrier. Les socialistes aussi. D'autres encore. Tous partageaient le sentiment d'être indispensables à la marche du pays, au progrès. Écrasés peut-être, pourtant nécessaires. Méprisés sans doute, mais à tort. Par des imbéciles ou des méchants. Les gens de ma rue disaient parfois « on n'est que des ouvriers... », et ajoutaient presque aussitôt : « mais ». Toute leur fierté tenait en ce « mais ». Une protestation, une manière de se rebiffer, tête redressée, regard droit. Ils se qualifiaient souvent de « petits », mais méprisaient volontiers les « grands », la « haute », tout comme, à l'inverse, ceux qu'ils appelaient la « basse classe », un méli-mélo de voyous et de miséreux.

Ces travailleurs, que j'ai entendus chanter « Chapeau bas devant la casquette, à genoux devant l'ouvrier », étaient même fiers de leurs usines, ces vastes halls, glacials l'hiver, étouffants l'été, où ils peinaient dur. En témoigne cette petite rengaine de poilus de 14-18 originaires de la région, alors occupée par les Allemands, et que j'ai retrouvée. Elle se chantait sur l'air du « Petit drapeau » :

« P'tit gars du Nord, ouvriers des usines
Nous vivions tous heureux dans nos foyers
Au ronflement de nos grandes machines
En respirant l'air de nos ateliers
Quand vint la guerre, ô l'atroce misère,
Il fallut fuir devant l'Allemand
Adieu ma femme, adieu mes enfants
(Refrain)
Chante, p'tit gars du Nord
Sois courageux, sois fort, etc. »

Il faut, bien sûr, faire leur part aux circonstances et à la nostalgie qu'elles suscitaient. Quand même, exalter « l'air des ateliers » m'a toujours paru trop en faire. Pourtant, voici quelques années, alors que je signais un roman dans une librairie de la région, une dame nostalgique, évoquant le passé, m'a lancé cette phrase qui me laissa d'abord pantois : « Souvenez-vous : on avait de si belles usines. »

Défense de sourire, d'ironiser sur les longs murs sans fenêtres, les sombres bâtiments aveugles. Si les maîtres de ces lieux pratiquaient assidûment le culte de l'usine, qu'ils ne quittaient guère de l'aube à la nuit, leurs ouvriers en étaient eux aussi les servants fidèles.

Chez mon grand-père, la fierté ouvrière s'accompagnait d'un orgueil familial, d'un souci de préserver l'honneur du nom, de le promouvoir même, que j'ai retrouvé ensuite chez mes cousins et cousines : la transmission s'était bien faite.

Mon père avait bénéficié, comme lui, de solides études primaires. Je suis encore émerveillé par la qualité de son écriture, de son orthographe, des connaissances acquises dans l'école laïque et républicaine de son village. Je me garderai, en dépit de fortes tentations, d'établir des comparaisons avec la situation actuelle. Pourtant, les classes étaient bien plus nombreuses et moins bien équipées qu'aujourd'hui, les maîtres plus surchargés ; apprendre ses leçons ou faire ses devoirs à la lueur d'une lampe à pétrole dans une pièce à vivre de trois mètres sur trois ne devait pas davantage être très simple. Passons.

Louis grand-père était ouvrier savonnier. Louis fils mit les pieds dans les pas de son père.

En Carembault, petit territoire du sud de Lille où ont vécu tous mes ancêtres paternels (les autres, côté maternel, venant de la région des mines ou de la Flandre maritime, quelques-uns de Belgique), en Carembault, donc, existèrent longtemps de petites savonneries : deux ou trois ouvriers autour d'un patron qui mettait lui-même la main à la cuve où se mêlaient huiles, suifs, alcali et poudres de perlimpinpin. De ces usines minuscules ne sortaient pas de jolies savonnettes parfumées et précieusement emballées, ni même de gros cubes à tout faire, type Marseille, mais une matière gélatineuse dénommée « savon vert », parfois « savon noir », d'une rude efficacité pour décrasser mains, vaisselle, linge et sols. Le temps d'Ajax, d'Omo, ou d'Ariel n'était pas venu. Le public achetait ce produit – sous des noms riants comme « Gelée d'or » – dans de petits seaux, les industriels et les collectivités par tonneaux. Mon père fabriqua certains de ces tonneaux et en garda longtemps, tels des souvenirs, d'étranges et longs couteaux courbes que l'on saisissait à chaque extrémité par des poignées de bois.

La vie amoureuse, parfois, fait bifurquer la vie professionnelle. Sa fiancée de longue date, ma mère, était partie après la guerre – la première évidemment – s'engager comme bonne à Dunkerque où cette orpheline avait des tantes aimées. Elle sut le convaincre de la suivre, elle savait toujours le convaincre, même s'il ronchonnait parfois. Il passa avec succès le concours de l'octroi, antique administration qui taxait les marchandises à leur entrée en ville. Mais qui fut bientôt chez nous réduite ou supprimée (elle devait survivre dans quelques communes jusqu'en 1948). Que faire de ce fonctionnaire municipal ? On le versa dans la police qui, municipale, l'était aussi, avant d'être étatisée par Vichy.

Je suis donc « fils de flic », ce qui me valut parfois – rarement – d'être qualifié de « Croix-de-Feu » par des gamins du quartier qui ignoraient autant que moi le sens de cette expression [1], mais la considéraient à coup sûr comme une insulte, ce qui ne nous interdisait pas de nous livrer à de fantastiques parties de billes sur les trottoirs de la rue, lesquels étaient fort beaux (les obus et les bombes tombés sur la ville entre 1914 et 1918 avaient présenté au

1. À l'origine mouvement d'anciens combattants, l'organisation des « Croix-de-Feu » était devenue une ligue d'extrême droite, la plus connue dans notre région. (*Toutes les notes sont de l'auteur.*)

moins cet avantage, m'expliqua-t-on un jour : il avait fallu les remettre à neuf).

Ces gamins ne savaient évidemment rien de l'activité syndicale, mutualiste et associative, comme on dit aujourd'hui, de mon père. Il fut, entre autres, trésorier de la section locale de l'Orphelinat mutualiste de la police, qui avait (a toujours) une grande maison à Osmoy (Cher), un nom quasi mythique pour nous, car il en parlait beaucoup, en montrait aussi des photos. Chaque mois, il dressait la liste des cotisations reçues de ses collègues, en faisait et refaisait l'addition, sur la même table où nous nous attelions à nos devoirs. Les jours de lessive, le mardi donc, quand le linge séchait sur de longs fils tendus à travers la pièce, quand draps, chemises et caleçons humides la fractionnaient en couloirs, il fallait se serrer pour se trouver dans l'axe lumineux de l'unique lampe.

De cette ingrate besogne, mon père fut gratifié vers la fin des années trente par la croix de chevalier du mérite social, une décoration créée par le Front populaire, reçue avec des pleurs de joie, mais qui fut tout simplement supprimée quand naquit l'ordre du Mérite.

À l'inverse, ces activités multiples freinèrent

son avancement. « Tu vas te faire mettre sur la liste rouge », disait ma mère, inquiète de voir cet homme paisible prendre souvent la défense de ses collègues devant les commissaires ou les inspecteurs en civil que toute la ville disait appartenir à « la secrète » bien qu'elle ne le fût guère.

Je ne sais s'il existait vraiment une liste vraiment rouge où patrons et fonctionnaires de rang élevé auraient inscrit, afin de se la transmettre, les noms des meneurs syndicaux, ou présumés tels. Mais sa réalité ne faisait aucun doute pour les habitants de notre quartier ouvrier. Mon père, quoi qu'il en soit, dut attendre longtemps son petit galon argenté de sous-brigadier. Il dut même, seul de tous ses collègues de la région, aller suivre pour l'obtenir un cours de trois mois – en 1945, à quarante-six ans ! – dans une école de police de la région parisienne. Il ne s'en plaignit pas, fit comme si, n'en laissa rien paraître. Il avait bien retenu la leçon de ses ancêtres : ce n'est pas le genre quand on s'appelle Duquesne. Il en souffrait certainement, d'autant que le bout de galon, venu plus tôt, aurait amélioré la paye. Je l'entendis un jour évoquer un de ses collègues qui, histoire de s'attirer les bonnes grâces du commissaire, portait régulièrement quelques légumes de son jardin au domicile de celui-ci. Chez les mineurs, avait noté Zola dans son carnet d'enquête préalable à l'écriture de *Germinal*, quelques « jaunes » offraient ainsi des lapins aux porions (contremaîtres) et aux ingénieurs. En ville, nous n'élevions pas de lapins. Jusqu'à la guerre où ils se multiplièrent dans des caisses et des cages, au beau milieu des appartements parfois.

Mon père était « agent cycliste ». Donc, généralement en patrouille sur un vieux vélo à pignon fixe. Des pinces métalliques retenaient à l'époque les pantalons des hommes à bicyclette. Lui portait des guêtres de cuir, soigneusement cirées : j'appris donc avant même de passer par l'armée qu'en crachant à peine sur chaussures et guêtres passées au cirage on les faisait briller d'un vif éclat.

Sa sacoche, la fameuse sacoche aux trésors, recelait aussi un bâton blanc, car il lui arrivait de régler la circulation aux carrefours.

Les fonctions d'un policier étaient, semble-t-il, multiples. J'ai entendu plus tard l'histoire d'une naissance survenue une nuit au poste de police, les flics (on disait plutôt les agents, pas encore les poulets) faisant fonction d'accoucheurs et mettant de l'eau à bouillir dans des gamelles sur un poêle à charbon : les taxis, rares, s'étaient fait prier ; les pompiers devaient être occupés ailleurs ; on ignorait les ambulances. Mais pour être souvent répétée – histoire sans doute de mettre en valeur le rôle social de la police –, une telle aventure devait être exceptionnelle.

J'ai entendu aussi, plus tard, citer bien des cas de cadavres de nouveau-nés, ou de fœtus, trouvés sur des dépôts d'ordures, dans les poubelles ou flottant sur les eaux d'un canal. La police, disait mon père, voit le cul du monde. « Nous travaillons dins l'brin. » Il aimait adopter l'accent de la région lilloise où il avait passé sa jeunesse. « L'brin », c'est, bien sûr, la merde.

Il ne fut jamais « agent de quartier ». On appelait ainsi, alors, ceux qui occupaient de petits postes de police dispersés dans la ville. Ces hommes, qui allaient toujours par deux, arpentaient souvent la rue. Ce qui avait donné naissance à une petite chanson dont j'ignore si elle est locale ou nationale :

« Les agents sont de braves gens
qui s'baladent,
qui s'baladent.

Les agents sont de braves gens
Qui s'baladent tout le temps. »

Ils devisaient avec l'un ou l'autre, riaient avec les gosses qui jouaient sur les trottoirs, veillaient à la propreté de ceux-ci, savaient à peu près tout sur tous, méritaient assurément leur nom de « gardiens de la paix ». Si bien que leur travail n'était pas harassant. C'est sans doute pourquoi on les supprima à l'époque de Vichy.

Ce n'était assurément pas le moment : les vols de vélos se multipliaient alors. Le vélo, l'instrument de la mobilité, était devenu celui de la liberté, en premier lieu liberté d'aller dans la campagne alentour chercher quelque nourriture. Les pneus étaient devenus aussi introuvables que des trésors. Les chambres à air, épuisées, exhalaient leurs derniers soupirs à tous les coins de rue. Un vélo en état de marche, même brinquebalant, ne pouvait donc rester quelques minutes contre un mur sans changer de détenteur.

Les autorités, dites compétentes, ont enfin compris aujourd'hui l'efficacité des « agents de quartier », et rétablissent lentement ce que l'on appelle désormais l'îlotage ou la police de proximité. Je me souviens d'avoir interrogé sur son utilité et sa nécessité, voici quelques années, au cours d'un Club de la Presse à Europe 1, Pierre Joxe, alors ministre de l'Intérieur. Il parut surpris, me regarda avec un mépris glacé de grand bourgeois, aussi dédaigneux que si j'avais porté les mêmes chaussettes que Pierre Bérégovoy, et ne me répondit même pas. Il ignorait évidemment tout de la vie d'un quartier populaire et l'insécurité devait être à ses yeux une invention de la droite.

À cette époque, l'alcoolisme, une spécialité portuaire, donnait bien du travail aux policiers.

Les navires n'étaient pas contraints à des rotations rapides comme aujourd'hui. Certains cargos restaient plusieurs jours et plusieurs nuits à quai. Résultat : des marins ivres morts écroulés sur la chaussée, ou pas tout à fait morts et donc bagarreurs. Des Britanniques ou des Américains, le plus souvent, emmenés au poste avec coups de pied au cul et injonctions dans un anglais bizarre. J'en ai retenu une – « *You non gentleman, you in calebousse.* » – que je ne suis jamais parvenu à traduire entièrement : j'ai cherché du côté de *caleb-house*, ou *taleb-house*, mon frère aussi, sans trouver. Apparemment, les intéressés, menottés par des bracelets type chaînes de vélo guère agréables pour les poignets, comprenaient très bien, eux, quand ils finissaient la nuit dans les bas-fonds, puants et crasseux, du commissariat. Quelques-uns, bien sûr, se rebiffaient. Un matin à l'aube, mon père revint la joue barrée d'une longue estafilade : ses collègues et lui s'étaient colletés avec des marins américains. Il en garda la trace toute sa vie.

L'alcoolisme régnait aussi chez les dockers. Une corporation très particulière comme on le sait, fractionnée en groupes solidaires, mais parfois rivaux : ainsi les dockers habitant Dunkerque étaient restés, pour la plupart, socialistes, tandis que ceux de Saint-Pol-sur-Mer, ville toute proche où ils formaient masse, étaient communistes. Des distinctions que la boisson avivait ou abolissait, selon les jours : aucune science n'a jamais prétendu expliquer les disputes d'hommes ivres.

Ceux-là avaient des motifs de boire plus que de raison.

Le travail, bien sûr, dont je reparlerai, pénible et qui demandait un grand savoir-faire pour équilibrer les charges embarquées ou débarquées. Le système d'embauche aussi : les contremaîtres qui recrutaient les dockers à l'arrivée de chaque cargo possédaient souvent un estaminet (petits cafés populaires tirant leur nom du wallon *stamine*, salle à poteaux, ou de l'espagnol *esta minetas* ? – y a-t-il des filles ? –, ce qui serait plus drôle, mais paraît moins probable, bien que les Espagnols aient possédé quelque temps la Flandre). C'était là, dans le bistrot du contremaître, qu'il fallait se faire inscrire pour trouver du travail. Ceux qui consommaient beaucoup, dont les dettes s'inscrivaient sur un petit carnet (le monde pauvre vivait à crédit), bénéficiaient bien sûr d'une priorité.

La vente d'alcool était interdite sur les quais. Sage précaution. Mais pas celle de la bière. Dangereuse exception. Nous étions, il est vrai, en Flandre. Dès qu'un cargo accostait dans un grand bruit de ferraille, de chaînes et de cordes déroulées, de sirènes parfois, de cris enfin, une marchande de bière approchait sa petite charrette chargée d'un attirail de verres et de tonneaux. Elle sortait un carnet crasseux – un de plus – où elle inscrivait les consommations des hommes qui avaient commencé d'emplir ou de vider les cales, consommations de plus en plus fréquentes à mesure que se multipliaient allées et venues dans la poussière ou sous la pluie, lourdes charges sur le dos. Le crédit aidait à ne pas compter. Jusqu'au moment où le docker percevait sa paye : la marchande, comme le contremaître-bistrotier, s'approchait avec son carnet pour percevoir son dû en priorité, provoquant parfois des surprises et des dialogues que l'on ne saurait décemment reproduire ici.

S'alignaient enfin sur certains quais – troisième tentation et pas la moindre – des rangées de tonneaux de vin d'Algérie. Tout docker intéressé et prévoyant possédait une petite pipette de caoutchouc. S'allonger entre les tonneaux ou sous les wagons tout proches, percer l'un de ces fûts et siroter à l'aise était devenu une pratique assez courante pour que les cheminots, le matin, avant de faire circuler les wagons rangés le long des quais, se sentent tenus de vérifier que personne ne ronflait entre les roues.

Les dockers, enfin, braves gens au demeurant, donnaient un autre fil à retordre aux policiers (et cette fois aux douaniers) : certains volaient. On n'imagine guère aujourd'hui ce qu'un port recelait de tentations. Bien des marchandises traînaient sur les quais, à peine emballées, car personne n'avait encore inventé les containers. Policiers et douaniers (lesquels ne répugnaient pas à se servir aussi sous prétexte de contrôle) se montraient plutôt tolérants quand ils apercevaient sur le porte-bagages d'une bicyclette un morceau de bois ou de ferraille, souvent utilisé pour bricoler (on disait de certains dockers, partis habiter dans la campagne toute proche, qu'ils avaient « construit leur maison avec le port »). Mais les agents, portés à l'indulgence parce qu'ils connaissaient les difficultés de cette vie, se montraient quand même plus sourcilleux quand ils apercevaient sur les porte-bagages des sacs chargés de café, de grains ou de sucre cristallisé, ensuite revendus à bas prix à des épiciers peu regardants. Quelques patrons eux-mêmes poussaient leurs ouvriers à dérober les appareils de manutention légers de leurs concurrents.

Les dockers occupaient donc nombre de policiers au port et aux alentours immédiats. Revenus en ville, les mêmes se montraient, en revanche, le plus souvent, d'une scrupuleuse honnêteté.

La vie dans un quartier ouvrier ne posait

guère de problèmes à mon père. Nous étions de ce monde-là. Nous appartenions à la rue. Comme nos voisins épiciers, dockers, livreurs, ouvriers du bâtiment ou des chantiers navals. Bien plus tard, quand j'eus terminé Sciences-Po et le reste, mes parents nous présentaient encore comme une famille d'ouvriers.

Mon père servait pourtant de référence, représentait à sa manière – car Dieu sait qu'il n'en abusait point – le pouvoir et l'ordre. Le quartier s'adressait à lui, les immigrés surtout, pour débrouiller les difficultés administratives. J'ai le souvenir d'un Italien qui venait de temps à autre crier au bas de l'escalier – nous habitions au deuxième étage – afin de savoir si son dossier de naturalisation progressait. Mon père, qui allait s'informer à la sous-préfecture, l'exhortait à la patience. Ils en montrèrent beaucoup tous les deux.

Il jouait aussi les pères Fouettard. Virtuels bien sûr. Les mères l'utilisaient pour apeurer les gosses : « Si tu te calmes pas, tu vas voir : j'vais aller chercher monsieur Duquesne. » Ce qu'il détestait. Tout comme il détestait intervenir dans les disputes de voisinage ou de couples. Ainsi, les menaces d'un voisin de l'immeuble d'en face, un livreur de boissons qui avait trop abusé de sa marchandise : un soir d'été, fenêtre ouverte, il hurlait à son épouse, sous je ne sais quel prétexte, de se précipiter sur le trottoir quelques mètres plus bas. Toutes les oreilles de la rue étaient tendues. Les postes de radio avaient perdu leurs auditeurs. Quelques curieux avaient même commencé de se rassembler sur le trottoir. Ils jetaient parfois un regard dans notre direction.

Nous étions aux aguets, bien sûr. Mon père, qui venait de se coucher, s'était relevé, accroupi, en chemise (les pyjamas étaient ignorés), le nez au ras de la barre d'appui pour ne pas se montrer.

Le ton ne cessait de monter. L'ivrogne se limitait à cette seule injonction : « Jette-toi par la fenêtre. » Son épouse, en revanche, disposait d'une gamme de réponses : « Laisse-moi d'abord prendre mon manteau », puis « mon chapeau », puis « mes chaussures noires ». Défilèrent ainsi une série d'accessoires. Mais les ressources de la garde-robe (s'il en existait une) n'étaient pas infinies. Cette femme astucieuse évoqua ensuite une série d'objets qu'elle devait ranger « pour que ma maison soit en ordre ». Le mari ne se laissait qu'à demi abuser ou se prêtait au jeu, criait plus fort, remuait quelque chaise. Les voisins, sur le trottoir, nez en l'air, jouissaient du suspense. Nous, les enfants, en face, apeurés, pressions mon père d'intervenir. Il hésitait, n'y croyait pas. L'expérience peut-être. Il avait raison. La femme du livreur de boissons alcoolisées et gazeuses aussi : avant qu'elle ait terminé l'énumération des objets à ranger pour laisser son appartement impeccable, l'homme s'écroula. Et, conclut tout le voisinage, peut-être un peu déçu, s'endormit.

Que l'on n'imagine pas que mon policier de père manquait de détermination. Au cours de l'été 1940, alors que les Allemands étaient arrivés, l'un d'eux, démarche hésitante et haleine puissante, entra soudain chez nous pour quêter un supplément de bière ou d'alcool. Ce n'était pas un soldat, mais un marinier, comme nous appelions les patrons de péniches : l'armée allemande, rêvant de débarquement en Angleterre, avait rassemblé dans nos canaux nombre de ces bateaux munis, à l'avant, d'un emplacement vite bricolé pour recevoir un char, un véhicule, un canon. Ce débarquement tardait. Ces hommes devaient donc s'ennuyer. Celui-là, bien abreuvé, s'était laissé tomber chez nous dans l'unique fauteuil confortable. Ma mère envoya mon frère chercher son mari. Lequel, vite survenu, ne répéta pas : « *You non gentleman, you in calebousse !* » Le marinier se retrouva en bas de l'escalier. J'entendis seulement : « C'est ma femme, c'est mes enfants. » Terminé.

J'avais commencé de parler de la sacoche de mon père, boîte à surprises, source de petits bonheurs. Je constate qu'à l'époque je n'ai presque jamais vu son revolver. Je ne sais où il le cachait à nos yeux, prudent, dès son arrivée. Voilà qu'en mai 1958, retraité, curieux d'informations, il écouta Radio-Alger aux mains des Comités de salut public en révolte contre Paris et entendit des propos menaçants pour le journaliste que j'étais devenu. Il avait gardé son arme et d'autres : en 1940, à Dunkerque, fusils, pistolets et munitions jonchaient le sol. Alors, cet homme paisible me l'apporta : « On ne sait jamais, ça pourra te servir. »

Les surprises du jardin

Conséquence logique de la passion maternelle pour les légumes : nous avions un jardin. Presque un privilège pour les habitants de notre quartier.

Aux alentours pourtant, bien des familles ouvrières, tout juste débarquées de la campagne, en cultivaient un.

Les cheminots d'abord. Lors de la reconstruction du réseau du Nord, après 1918, l'ingénieur Raoul Dautry, qui allait devenir ministre, avait conçu pour eux des cités, proches des grandes gares de triage, formées de maisons individuelles, ou groupant trois ou quatre ménages. Un peu modern style, assez coquettes pour l'époque, elles étaient entourées d'un terrain de quelque cinq cents mètres carrés. C'était, dit un rapport que j'ai retrouvé, « ce qu'un agent peut cultiver dans ses loisirs et avec l'aide de sa famille, et qui lui suffit d'abord pour avoir des légumes ». Mon parrain, mécanicien de route, la catégorie supérieure parmi les cheminots, logeait dans une de ces maisons, qui nous semblait presque luxueuse avec son évier de ciment dans la salle à vivre et ses deux chambres, à Lille-Délivrance – « La Délivrance » en souvenir de la Libération de 1918 – sur le territoire de Lomme, commune à présent absorbée par Lille.

Les mineurs aussi disposaient d'un coin de terre, du moins ceux qui habitaient des corons reconstruits après la guerre. Ceux-ci n'égalaient pas les cités cheminotes de Raoul Dautry. Du côté de Vimy et de Notre-Dame-de-Lorette où s'étendaient d'immenses cimetières de morts pour la patrie, les compagnies minières attendirent le Front populaire pour installer dans chaque cuisine un robinet : à quatre-vingts centimètres du sol afin que l'on puisse glisser une lessiveuse dessous, mais pas d'évier ni d'écoulement d'eau.

Dans les villages et les faubourgs enfin, nombre de familles vivaient dans de petites maisons : celles de la côte, crépies, blanchies à la chaux et noircies au goudron ; celles de l'arrière-pays montrant leurs murs de briques, auxquelles s'accolait un bout de terre.

Dans les quartiers des villes, il n'en était évidemment pas question.

Le jardin où officiait mon père était situé près du cimetière communal et même à l'intérieur de celui-ci. Prévoyante, la municipalité avait, en effet, acquis des terrains alentour. En attendant que s'y creusent les tombes et se dressent les monuments de pierre (ou les « chapelles » en verre cathédrale et fer, telles des vérandas, qui étaient alors très en vogue), elle en louait des parcelles, à ses employés de préférence.

Ces jardins, où personne ne dérobait la moindre salade à personne, n'étaient séparés par aucun grillage, aucune haie, seulement d'étroites allées. Quelques hommes se retrouvaient là quand le temps et leur travail le permettaient, formaient une petite communauté. Parfois déchirée par la jalousie quand les carottes de l'un « venaient » plus vite que celles des autres. Parfois méfiante envers ceux qui ne se préoccupaient pas assez des ordures et laissaient survivre les mauvaises herbes qui finiraient par contaminer le voisinage. Plus souvent « partageuse » : ces hommes disaient leurs préoccupations, leurs succès et leurs déceptions, échangeaient des remarques sur la qualité des graines d'Élite Clause, la sécheresse du sol, leurs projets de repiquage des poireaux, le binage du petit rectangle où ils projetaient de faire pousser, sur deux rangs, des haricots verts. Ils se confiaient aussi des trucs, des recettes pour lutter contre le mauvais vent ou les parasites, se donnaient quelques semences « pour voir », et se disaient les dates – où les saints jouaient, comme on le sait, un rôle capital – qui convenaient le mieux pour mettre en terre les graines, dresser les rames où s'enrouleraient petits pois et haricots. Ils se prêtaient à l'occasion les tuiles que l'on posait sur des salades pour qu'elles jaunissent « sans monter en graine », scrutaient ensemble le ciel, pariant sur la pluie, le soleil ou le vent d'est qui dessécherait et contraindrait à aller chercher de l'eau, encore de l'eau, aux robinets du cimetière.

Ils redoutaient les « saints de glace », dangereux puisqu'ils provoquaient des coups de froid tardifs, et dont je mis des années – il y avait longtemps que je m'étais désintéressé des jardins – à comprendre qu'ils existent en deux pelotons : d'abord les quatre « cavaliers du froid » (saint Georges, le 23 avril, saint Marc le 25, saint Philippe le 1er mai et Croiset, un presque inconnu celui-là, son nom n'est consigné sur aucun calendrier, le 3) ; ensuite, les « vrais » saints de glace : Mamert, Pancrace et Servais, le premier, le 11 mai, faisant un pendant exact, comme par hasard, à « l'été » de la Saint-Martin, le 11 novembre, et tous, cavaliers du froid ou saints de glace, étant gouvernés par la lune rousse, ce repentir de l'hiver.

Les hommes des jardins savaient aussi que la nouvelle lune, celle qui « monte » si l'on veut, favorise la croissance de tout ce qui pousse hors du sol, au-dessus de la terre ; à l'inverse, en vieillissant, elle fait l'affaire de tout ce qui descend, pousse dans le sol, comme les légumes à racines.

Je ne suis pas certain que mon père ait éprouvé une grande passion pour le jardinage. Non en raison de la fatigue, même s'il lui arrivait de répéter, souriant, que la terre, « trop basse, devrait être mise sur des tréteaux ». Cultiver ce terrain figurait seulement à ses yeux parmi ses devoirs de bon époux, de bon père. Mais il le faisait avec soin, se montrait fier de ses succès, du nombre et du volume des pommes de terre qu'il découvrait en buttant chaque pied, de la blancheur et de la taille des poireaux, de l'épanouissement des salades et, surtout, des récoltes de légumes dont la culture était plus risquée dans nos régions. Les tomates, au premier chef, qui faisaient l'objet de ses soins constants. Le seul soleil de l'été, pourtant ardent certaines années, suffisait rarement à les faire rosir. Alors, il les déposait avec des soins de nourrice attentive, une à une, dans un sac à provisions qu'il ramenait à la maison, accroché au guidon de son vélo. Là, elles étaient alignées sur de petits plateaux de bois rangés, faute de place, sous les lits. Où elles consentaient, bonnes filles, à rougir sans soleil – ce qui m'a longtemps surpris.

L'épisode le plus étonnant fut celui du melon d'Espagne. Tout dictionnaire vous dira que la culture du melon, plante annuelle rampante, exige beaucoup de chaleur et de lumière. Ma mère avait vu, je ne sais où, un melon d'Espagne, beaucoup plus volumineux que celui de Cavaillon, beaucoup moins goûteux aussi, il faut le dire, et vert. Elle se mit en tête d'en semer quelques graines dans notre jardin, entra en relations avec un marchand de produits exotiques du centre de la ville, qui l'encouragea. La plante se développa. Un melon se forma, qui prit bientôt de belles dimensions. Un melon, dans notre jardin ! D'Espagne ou pas, quelle importance ?

Les commerçants de la ville organisaient alors, chaque année, une « journée des étalages », un dimanche où ils rivalisaient d'astuce, d'originalité, de goût (pas toujours) pour présenter leurs meilleurs produits enrobés de guirlandes, de fleurs, d'antiquailles et ainsi de suite. Ma mère retourna voir le marchand de fruits exotiques, l'espoir au cœur : accepterait-il de présenter le melon d'Espagne, notre melon, ce jour-là, dans sa vitrine ? Il consentit, accueillit notre « melopepo » comme disait le latin classique.

Le dimanche suivant, dédaignant tous les autres étalages, sans un regard pour les autres vitrines, la famille entière fila vers le magasin de la rue Neuve (qui, ayant cessé depuis longtemps de l'être, avait reçu après le traité de Versailles, le nom du président américain Wilson, ce que toute la ville ignorait pour des raisons où la politique comptait évidemment moins que l'habitude). Le melon, notre melon, était là ! Pas au centre, ce qui nous eût semblé être sa juste place. Se présentaient avec orgueil, à cet endroit, des raisins, des ananas, dont ce n'était pas la saison (les fruits avaient alors des saisons). Notre melon, lui, était entassé avec d'autres fruits, sur le côté, pas tellement en évidence. Il existe des circonstances où les enfants, quoi que l'on dise, savent qu'il est bon de faire silence. Nous nous gardâmes bien de manifester notre déception ou de poser des questions qui l'eussent laissé deviner. Les parents, en revanche, faisaient mine de s'extasier, ravis. Ce fut donc un grand jour, dont on reparla longtemps Mais mon père ne recommença pas. Peut-être parce que la municipalité lui reprit le jardin, la guerre déclarée. La suite devait démontrer qu'elle n'avait pas tort : le cimetière allait vite s'étendre.

J'ai souvent pensé que sur ce bout de terrain, conversation terminée avec les voisins, s'il s'en trouvait, mon père souffrait de solitude. Il appréciait en tout cas beaucoup de s'y faire accompagner, ou rejoindre, par femme et enfants. Je l'ai souvent entendu regretter de n'avoir, les heures passant, l'après-midi se traînant, vu venir personne.

Nous ne l'y suivions plus, moi surtout, qu'en renâclant. Il est vrai que l'on y trouvait peu d'occasions de s'amuser. Même pas de jouer au petit jardinier, chaque bout de mètre carré devant être rentabilisé. J'étais chargé aussi de besognes décourageantes : l'arrachage des mauvaises herbes, la récolte des haricots verts ou des groseilles noires, que je n'aimais guère et qui montraient, comme les haricots, une très fâcheuse tendance à se dissimuler sous les feuilles. Qui passait par là après moi pouvait en trouver tout autant, ce qui m'humiliait. « C'est du travail fait sans goût », disait ma mère, autrement dit sans ardeur, foi, intérêt, persévérance. Une condamnation, ou plutôt un vif regret, d'une tristesse émouvante, qui me tombait également dessus quand j'avais astiqué avec une négligence trop évidente un bouton de porte, ou mal poussé le balai sous les meubles. Dans ce dernier cas existait une variante quand même plus plaisante : « Alors, la poussière doit s'approcher pour que tu la ramasses ? » La définition de l'aspirateur, en somme.

Le jardin – revenons-y – me fit un jour découvrir un monde ignoré, me procura une autre fois quelque fierté.

La découverte fut celle d'un mal jusque-là inconnu. Par une belle après-midi de soleil, un de nos voisins, qui venait de « repiquer » des poireaux, bascula soudain vers l'arrière, agité de tremblements, bave aux lèvres, connaissance perdue, yeux révulsés. Je me précipitai, appelai à l'aide, criai. Mon père arriva, un autre jardinier aussi. Ils ne semblaient pas tellement surpris. Moi, j'étais pétrifié, fasciné par ces mouvements saccadés, ces râles. L'autre voisin alla quérir le gardien du cimetière. Mon père essuyait la bave, m'enjoignit de m'éloigner, ce que je ne fis pas. Je le pressais au contraire de questions qui ne provoquaient que des grognements. Les yeux de l'homme reprirent enfin leur place habituelle. Il nous regarda, surpris. La crise était terminée. Quand on l'emmena vers l'hôpital, j'entendis le mot « syphilis ». Personne ne voulut m'éclairer davantage. Tous semblaient embarrassés. Et moi, je ne m'étais jamais senti aussi embarrassant. Je finis par deviner que nous étions entrés dans un monde mystérieux, celui qu'on ne nommait pas encore le sexe, celui pour lequel les gens de mon quartier n'avaient pas de mot qui soit prononçable devant les enfants, les bourgeois, les curés, les autres. Le soir, je consultai avec précaution le dictionnaire. Rien du côté de « cipaye » ou « cipolin », dont j'appris à cette occasion qu'il s'agissait d'un soldat indien un peu mercenaire et d'un calcaire parfois appelé marbre. Pas davantage aux environs de « sifflet ». Plus loin, entre « synthétisme » et « syriaque », deux ou trois lignes avaient été soigneusement barrées d'encre noire. De longue date semblait-il. Un peu plus tard, je commençai à feuilleter le gros livre page après page. Pour découvrir d'abord une dizaine de lignes noircies entre « accotoir » et « accoudement », quatre ou cinq aussi entre « anurie » et « Anversois ». Quelques autres encore entre « enfant » et « enfantillage ». Je n'allai pas plus loin. Je compris que l'on avait caché les clés d'un monde interdit. Trois jours plus tard, un de mes petits camarades de classe, dont le dictionnaire n'avait pas été censuré, m'éclaira.

C'est en classe, justement, que le jardin me procura un autre jour quelque fierté. Pendant la « leçon de choses ». On appelait ainsi un cours où étaient enseignées quelques notions, rudimentaires et pratiques, de physique, chimie et sciences naturelles. Ce cours était donné, d'ordinaire, l'après-midi, histoire peut-être de réveiller nos esprits assoupis. Car le maître plaçait, par exemple, un petit morceau de sodium dans une cuvette d'eau en expliquant qu'il importait de prendre garde, la réaction pouvant être une explosion. Ou bien, il versait du vinaigre sur une craie préalablement réchauffée grâce au poêle qui trônait au milieu de la classe. Ou encore, par une mystérieuse opération que je serais bien incapable d'expliquer, il isolait de l'oxygène avec une batterie de tubes, une lampe à alcool, une autre cuvette d'eau, et, pour prouver l'existence de ce gaz « indispensable à notre vie », il approchait du tube qui le contenait une allumette tout juste éteinte, apparemment, laquelle se rallumait aussitôt, comme par magie. Pas toujours, il est vrai. Mais nous étions époustouflés – lui aussi me semble-t-il – quand il réussissait.

Cet après-midi-là, il avait décidé de nous parler de légumes et commença par demander qui, parmi nous, avait des parents cultivant un jardin. Je levai le doigt. J'étais le seul. Je n'en fus pas autrement surpris. Il m'envoya au tableau. Voilà : je devais prendre la craie et dessiner le plan du jardin. J'étais déjà moins assuré : nous savions à peine ce qu'étaient les plans ou les cartes de géographie.

Je traçai un grand rectangle, commençai par mes ennemis personnels : les groseilliers et les haricots verts ; ensuite, dans le désordre, pommes de terre, poireaux, carottes, je ne sais plus. Je sais, en revanche, que je finis par citer les bettes. J'ignorais, bien entendu, que ce légume de la famille des chénopodiacées, aussi appelé blette ou poirée, et dont on consomme les tiges sous le nom de cardes, s'écrivait avec deux T, précision qui eût peut-être simplifié l'affaire. Car mon instituteur ne connaissait même pas son existence. Comme je ne figurais pas parmi les derniers de la classe, il me reprit gentiment : « Tu veux dire des bêtes ? Ton père élève des lapins ? » Évidemment non. Ce n'était pas encore le temps de l'Occupation. Quand même : leur construire des cabanes dans un jardin qui ouvrait directement sur le cimetière me semblait une idée baroque. Je m'entêtai : il s'agissait de bettes qui n'étaient pas des bêtes. De vrais légumes. Il s'entêta aussi, me demanda de les décrire. À vrai dire, je n'étais pas davantage passionné par ces bettes que par les poireaux ou les navets ; j'expliquai donc qu'elles avaient des feuilles vertes, ce qui n'était guère original pour des légumes, et ne parvins donc pas à convaincre mon maître. Le débat se prolongea quelques instants, qui me semblèrent très longs. J'étais seul au tableau noir, l'instituteur au fond de la classe.

Les autres riaient, regardaient voler les mouches ou gravaient leurs initiales à petits coups de canifs sur leurs pupitres de bois, une de leurs occupations préférées quand ils s'ennuyaient (j'écris « ils » parce que je n'étais pas trop doué pour ce type de loisir, tout juste bon à me couper). L'instituteur finit par s'approcher – « Retourne à ta place » –, sortit de son bureau un dictionnaire que l'on n'avait presque jamais vu car il répugnait à le consulter, considérant peut-être que c'eût été un signe de faiblesse, l'aveu d'une ignorance. Il feuilleta, trouva, rangea le gros livre, me gratifia d'un bref : « C'est bien ! » Je sus que j'avais gagné. Je regardai à droite et à gauche, très fier de moi, guettant des signes d'approbation. Je dois à la vérité de dire que les autres s'en fichaient.

L'aviation à l'école

J'ai appris à lire sur des bandes dessinées. Oui, dans les années trente, à l'école des tout-petits. On ne disait pas la maternelle. On l'appelait toujours l'« asile », sans doute parce qu'elle avait poussé en même temps que les usines, comme un dépôt où caser les enfants des ouvrières.

Je dépassais tout juste deux ans quand j'y suis entré. Je n'ai guère de souvenirs de ces premiers temps. Sauf de bâtonnets de bois colorés avec lesquels nous apprenions – très tôt – à compter. Leur brillant m'avait séduit. Un soir, j'en ramenai trois ou quatre à la maison. La nuit suivante, je ne dormis guère. Voleur ! J'étais un voleur ! J'avais appris déjà le « ça ne se fait pas », sans cesse répété par ma mère. Une barrière morale infranchissable qui m'a beaucoup servi par la suite. Inutile d'ergoter, de tenter de contourner les règles ou les situations, en arguant de la nécessité, de la justesse de la cause ou du moindre mal. Tuer, voler, mentir, torturer, tricher, diffamer, calomnier : ça ne se fait pas.

La nuit suivante, donc, je songeais à la honte de mes parents. Mon père, un policier. Ma mère, que les maîtresses de l'asile considéraient comme une sorte de présidente des parents d'élèves (bien qu'il n'existât pas d'association). Ceci mérite explication. Elle avait été « placée » dès l'âge de neuf ou dix ans. D'abord, au début du siècle, bonne chez un boucher de Seclin, au sud de Lille, où l'on tuait encore les bêtes dans un hangar du fond de la cour, et c'était elle qui nettoyait les lieux après l'abattage et le désentripage. Elle n'en parlait guère et j'ose à peine imaginer l'émoi, le dégoût de cette gamine lors des petits matins d'exécutions capitales. Ensuite, toujours « en service » à vingt ans, elle s'était retrouvée dans une école de filles où prenaient pension, comme elle, quelques institutrices ; elle avait alors acquis de celles-ci des connaissances qui en faisaient, dans le quartier, presque une lettrée. J'exagère ? À peine. D'où la considération des maîtresses, cette sorte de représentativité des mamans du quartier. D'où aussi, cette nuit-là, pour moi, la honte.

J'allai, en fin de compte, réveiller mes parents. Qui me semoncèrent. Un peu. Eurent le bon goût de ne pas en rajouter. Le lendemain, suivant le conseil avisé de ce couple dont j'avais troublé le sommeil, je replaçai en douce les bâtonnets dans leur casier.

La lecture fut très tôt ma passion. Je ne cherche pas d'effet en écrivant que nous l'apprenions sur des bandes dessinées. Bien sûr, nous n'avons pas échappé au B-A, BA, B-I, BI, ni, pour l'écriture, aux longues théories de bâtons penchés, comme poussés par le vent, qui s'allongeaient entre le double lignage des pages de nos cahiers. Mais nous adorions les cartons rectangulaires, sous transparent, qui contaient en quatre images des histoires enfantines. Et aussi, je crois bien, celle d'un marin, sosie de Popeye. Résultat : nous savions presque tous lire avant d'entrer à la « grande école ».

Écrire, pour moi, avait été plus rude. Je suis gaucher. On me « contraria » en liant mon bras délictueux à la chaise. Pas très longtemps, par chance.

La grande école, c'était le primaire. Qui

déboucherait, pour la plupart des gamins, sur le travail. « Certif » en poche ou non. Ce certificat d'études était la palme dont tous rêvaient. Une sorte de prix d'excellence, célébré, le soir de l'épreuve, par les « reçus », fiers de porter, comme des conscrits, des insignes tricolores et qui braillaient dans les rues :

« Les élèves de l'école laïque
sont reçus au certificat
ils se sont donné de la peine
pour avoir un morceau de papier, ohé, ohé !
Un chiffonnier a trouvé dans sa hotte,
la veste à personne ! (*bis*) »

Les « vestes » n'étaient pas rares, en vérité. Mais les malheureux recalés, ce soir-là, se cachaient. Leur sort, pourtant, ne différait pas de celui des heureux braillards. Quelques semaines plus tard, ils se retrouvaient tous en usine, en apprentissage aux chantiers navals ou au port. À l'exception de trois ou quatre privilégiés qui passeraient par l'EPS, l'École primaire supérieure, pour deux ans (certificat d'études complémentaires) ou quatre (brevet élémentaire). Des études sans latin ni grec, avec un minimum de langues vivantes, qui leur ouvriraient peut-être des carrières dans les Postes, les « Contributions », et autres administrations. Plus tard, sous le gouvernement de Vichy, le ministre Carcopino allait heureusement transformer ce parcours parallèle au secondaire (et moins considéré) en « collèges modernes ».

J'eus la chance d'entrer dès la sixième dans un collège-où-l'on-faisait-du-latin parce que le maire de la ville – un avocat socialiste qui mourut dans un accident de voiture le jour de la déclaration de guerre, le 3 septembre 1939 – l'avait conseillé à mon père. Qui s'interrogeait : au collège dit « classique », il fallait payer les livres, à l'EPS, non. Cette différence paraît dérisoire ; elle comptait pourtant. Et puis, le collège n'appartenait pas à notre monde.

Le maire, tout juste avant les vacances de l'été 39, balaya ces hésitations : la ville payerait les livres. Mais, comme je viens de l'écrire, il mourut quelques semaines plus tard. La municipalité n'honora pas un engagement qu'elle ignorait. Mes parents durent acheter des livres d'occasion. Si je cite ce petit fait, c'est en souvenir d'un homme dont quelques mots, une phrase lancée peut-être un peu vite, changèrent le cours de notre vie. C'est aussi pour souligner combien mes parents furent contraints, les années suivantes, de faire face à tous les bons conseilleurs, de tous bords et de tous niveaux, qui entendraient les dissuader de nous laisser poursuivre des études : « Mettez (ou mets) vos enfants (tes enfants) au travail ; ils te rapporteront leur paye chaque quinzaine (ou chaque mois) ; tu vivras mieux (vous vivrez mieux) et tu pourras (vous pourrez) mettre de l'argent de côté pour l'avenir. » Nos parents ont tenu bon. Il m'arrive de penser que cette incessante litanie, répétée au long des années, était plus dure à supporter que les privations, plus lassante aussi que les petits boulots supplémentaires qu'ils durent assumer l'un et l'autre pour supporter des frais auxquels on ne pense guère d'ordinaire. Par exemple, acheter des vêtements qui soutiendraient à peu près la comparaison avec ceux des autres élèves, nous éviteraient trop d'humiliations à une époque où les habits marquaient l'appartenance à une classe sociale.

Humilié, je ne le serai pas trop. Plus tard, je n'oserai guère m'approcher des filles bien vêtues, chic comme on disait. Et, comme, m'ennuyant en classe, j'étais plutôt chahuteur, j'entendrai une prof de chimie, aussi pédante que lassante, me dire que, bien entendu, étant donné le milieu d'où je sortais... mais, de celle-là, je me moquerai.

Nos instituteurs du primaire, eux, caressaient pour nous d'autres ambitions. Comme partout en France, me semble-t-il, ils n'apercevaient qu'un avenir pour les élèves doués, l'enseignement, et qu'une voie, l'École normale. Moi, je voulais être journaliste. Je l'avais écrit à huit ans sur une feuille que l'un de mes maîtres, le jour de la rentrée, nous avait fait remplir. Aux mentions habituelles – nom, prénom, profession des parents et ainsi de suite –, il nous avait enjoint d'ajouter le métier que nous aimerions « faire » dans l'avenir. J'avais écrit « journaliste » parce que j'aimais lire, dans le journal local, les comptes rendus d'audience du tribunal. Ils racontaient des petites histoires de la vie quotidienne, des vols ou des bagarres, avec pas mal d'humour, et j'aimais les histoires. Plus tard, j'allais assister aux audiences sur les bancs du public, sans trop le dire à ma mère qui jugeait qu'un enfant n'apprendrait certainement pas la morale au palais de justice...

L'instituteur qui m'a ainsi, sans le savoir,

indiqué mon avenir, était passionné par l'aviation. Il avait tapissé les murs de la classe d'images, photos ou dessins, d'appareils les plus modernes. J'eus alors beaucoup de peine à faire admettre à mes parents l'existence d'avions au nez transparent, de verre ou de mica (on ne parlait pas encore de plastique), de chasseurs aux gueules de requins ou d'énormes bombardiers dont nous allions faire la connaissance, trop réelle, deux ou trois ans plus tard.

Cet instituteur avait fort à faire avec une classe où ne manquaient pas les gaillards, en retard de deux ou trois ans sur la scolarité normale, qui s'intéressaient aussi peu à l'arithmétique qu'à la géographie ou aux *Fables* de La Fontaine. L'un d'eux, fils de docker, se colletait parfois avec lui. Ils roulèrent deux ou trois fois à terre, sous le tableau noir. Nous observions, plus médusés qu'amusés. L'instituteur finissait par l'emporter, assez vite quand même. Ce qui nous semblait normal. Personne n'en faisait une histoire.

Cet instituteur nous apprit beaucoup. Il nous initia au calcul mental : multipliez 32 par 12 ; additionnez 371 et 122. J'adorais. Plus que les problèmes de robinets (chez la plupart de mes camarades, les robinets étaient même inconnus, ce que les auteurs de livres scolaires semblaient ignorer, les familles allaient s'approvisionner à la « pompe à eau », au coin de la rue). Je détestais autant les histoires de trains qui partaient au même moment, l'un de A, l'autre de B, à la vitesse de, pour parcourir tant de kilomètres, et à quelle heure, s'il vous plaît, se croiseraient-ils ?

Un héros aujourd'hui oublié occupait une longue place dans nos leçons d'histoire : le grand Ferré. Il s'agissait d'un bûcheron d'une force prodigieuse qui tuait les Anglais à la hache pendant la guerre de Cent Ans. Dans ces récits, il les abattait l'un après l'autre, avec méthode, comme par routine. Même le jour où, ayant bu l'eau glacée d'un ruisseau, saisi d'une forte fièvre, il dut s'aliter, grelottant : ces capons d'Anglais, avertis par quelque traître, voulurent en profiter, mais, alerté par sa femme, le grand Ferré eut la force et le cran de se redresser et, s'adossant au mur de sa petite chaumière, il fracassa quelques crânes ennemis.

Nous aimions cette histoire, réapprise chaque année. J'ai soupçonné, par la suite, des historiens républicains et laïcs d'avoir tenté, en célébrant ce pauvre paysan costaud, de faire pièce à Jeanne d'Arc, sainte et royaliste comme chacun le sait. Mais, si j'en crois le *Dictionnaire encyclopédique d'histoire* de Michel Mourre, ce Ferré, ou Ferret, a bien existé, à Rivecourt, en Picardie, où il participa d'abord à une jacquerie avant de servir Charles V, dit le Bon, lequel reconquit une bonne partie du pays perdu par son père Jean II, dit le Bon également (il existait, en revanche, un Charles le Mauvais, sur lequel j'ai peu d'informations). C'était l'époque de Du Guesclin, un autre de nos héros, moins oublié aujourd'hui que ce grand Ferré qui peupla nos rêves populaires.

Les livres d'histoire ne manquaient pas une occasion de nous forger l'esprit républicain. J'ai le souvenir bien précis d'un dessin montrant, au temps de Louis XV, deux aristocrates à la fenêtre de leur palais, armés de longs fusils avec lesquels ils tiraient, pour passer le temps, sur un misérable couvreur occupé à réparer une toiture voisine.

Nous avions d'autres héros : Bonaparte et ses soldats, qui volaient de victoire en victoire. Peut-être parce que ces succès flattaient notre orgueil. Peut-être parce que l'on nous faisait lire les livres d'Erckmann-Chatrian publiés par la « Bibliothèque verte », et maintenant oubliés de la plupart des histoires de la littérature française. Les combats du conscrit de 1813 nous passionnaient davantage que les histoires de petites filles, dites modèles, de la comtesse de Ségur. Et puis, ces fantassins coiffés de shakos ou ces grenadiers à lourds bonnets à poils étaient assez faciles à dessiner. Mon voisin de classe en croquait partout, y compris sur les buvards offerts par Corrector (un produit pourtant interdit dans les écoles) ou le jus de raisin Challand (une marque vendéenne, je crois bien, qui nous inondait bizarrement de publicité).

Le drame de l'aventure napoléonienne, comme chacun le sait, fut que la victoire se lassa d'habiter toujours le même camp. Nous préférions oublier Waterloo. Je fus rasséréné un peu, quand l'instituteur, témoin de cette passion, me fit lire *Les Cahiers du capitaine Coignet*, livre de souvenirs d'un officier sorti du rang qui contait comment, à l'avant-veille de cette défaite, nous avions remporté, non loin de là, à Fleurus, une petite victoire, une sorte de promesse non tenue, encourageante quand même, qui m'ancrait dans le sentiment que la malchance, seule, avait eu raison des Français.

Après ces leçons venait le temps béni de l'aviation. Cet instituteur nous apprit les avantages, et quelques lois, de l'aérodynamique, nous passionna en expliquant comment les balles d'une mitrailleuse montée sur un avion pouvaient se glisser entre les pales d'une hélice tournant à pleine vitesse. Il évoqua même – j'en suis presque certain, bien qu'il m'arrive d'en douter – les premiers moteurs à réaction. Toutes histoires que complétait alors une bande dessinée du journal *Cœurs Vaillants* vendu au patronage de la paroisse, « Le Stratonef H 22 » dont l'auteur se nommait tout simplement Hergé et les héros, enfants d'un ingénieur-pilote, Jo et Zette, accompagnés de Jocko (un petit singe qui jouait en somme le même rôle que Milou).

Nous découvrîmes aussi le balsa. Ce mot espagnol désigne un arbre d'Amérique tropicale, très léger, utilisé, entre autres, pour la fabrication de modèles réduits. Il n'était pas question, bien sûr, de trouver quelque feuille de ce bois clair chez les boutiquiers du quartier. Notre homme se chargea d'en commander. Ma mère fit la grimace : ce n'était pas gratuit. Mais elle céda : elle respectait toujours l'école. Nous apprîmes, non sans peine, à découper des ailes d'avion dans ces feuilles avec des rasoirs et l'aide de nos pères. Il fallait ensuite ajuster ces ailes sur un morceau du même bois en forme de règle, piquer à son nez une petite hélice de métal qu'un gros élastique, convenablement tordu, ferait tourner en se détendant. Et voilà !

Si l'on peut dire. Car ces modèles réduits ne daignaient pas toujours voler. Notre maître ne nous avait pas enseigné l'expression « casser du bois », utilisée par ses amis aviateurs ; l'expérience, hélas, nous l'apprit.

Pleurs de rage ou de désespoir. Rêves aussi. Ces petits avions de quelques centimètres qui parvenaient à s'élever, nous les avions construits, nous les avions ornés de mystérieuses initiales, semblables à celles des vrais appareils dont les images se multipliaient au fil des mois sur les murs verdâtres de la classe. Nous en dessinions partout. Plus encore que les grognards de Napoléon. Partout. Sur nos ardoises de carton bouilli – le nom « ardoise » n'avait pour nous aucun sens. Au crayon « de mine » et à la plume. Sur nos cahiers. À la craie sur les murs et les trottoirs du quartier. Partout.

Ils nous ont appris à regarder vers le ciel. Notre ciel, qu'avait beaucoup fréquenté

Guynemer dont l'escadrille, en 1914-1918, était basée à quelques kilomètres, et que l'on célébrait dans la ville.

Notre ciel parfois gris, perlé, ambré, plus souvent peuplé de nuages qui semblent jouer à se dépasser, s'embrasser, se déchirer.

Ils sont d'ordinaire nombreux, ces nuages. J'ai appris, voici peu, une légende venue du pays du balsa : les nuages, aux yeux des Indiens de là-bas, représentent les âmes des morts venues rendre visite aux vivants. Puisque nos terres ont toujours été très peuplées, il est normal que nos ciels le soient aussi.

J'ai revu « la maison »

— Lumière !

C'était le cri de chaque soir. Sauf le jeudi. Le cri que je lançais, au retour de l'école, lorsque j'arrivais au bas de l'escalier qui menait à notre appartement. Ma mère, ma sœur ou mon frère l'entendaient, sortaient sur le palier pour tourner le bouton de faïence. Notre bouton. L'escalier, en effet, n'était pas éclairé. Nos parents avaient en vain demandé au propriétaire – le brasseur voisin, personnage singulier et sympathique – l'installation d'un va-et-vient. Il leur avait seulement permis de poser, à leurs frais, sur notre palier, au second étage, le plus haut du bâtiment, une minuscule loupiote reliée à notre compteur. Même pas un va-et-vient, qui eût été à la portée de tous.

Il n'empêche : cet escalier ne manquait pas d'allure ; il était en effet bordé par une vraie rampe sur laquelle, bien souvent, nous nous laissions glisser. La plupart des immeubles voisins n'en possédaient guère : une corde, suivant le mur ou accrochée au plafond du dernier palier, luisante, glissante et noire de la crasse abandonnée par des centaines de mains, aidait les vieillards à se hisser, offrait aux imprudents quelque secours s'ils venaient à perdre l'équilibre. Dans l'obscurité presque toujours, puisqu'il n'était pas question d'éclairer ces lieux, sauf chez nous, grâce à mes parents.

La maison. Il y a quelque abus de langage à appeler ainsi un minuscule appartement de deux pièces – chacune d'environ quatre mètres sur trois – au dernier étage d'un petit immeuble. Ajoutez un exigu réduit, où trouvait tout juste place un réchaud à gaz, et le cabinet des waters, guère plus vaste. Ce dont ma mère se montrait très fière : l'eau, le gaz, l'électricité, des toilettes qui ne fussent pas collectives étaient dans cette rue et bien d'autres, dans toutes les villes, une rareté, presque le signe d'un confort bourgeois.

À l'occasion d'une émission de la télévision régionale qui m'était consacrée, des décennies plus tard, j'ai revu l'appartement (nous avions dû l'abandonner à la fin de la guerre, un obus ayant fait un vilain trou dans le mur du palier). L'Algérien qui en était devenu propriétaire l'avait retapé de ses mains. Persuadé que les sociétés de télévision bénéficiaient toujours de gros moyens, il avait demandé un gros droit d'entrée pour les caméras, et essuyé un refus qui le surprit beaucoup. Mais moi, oui, tout de même, il accepta de me laisser pénétrer. Seul.

Je ne lui en veux pas, à cet homme, d'avoir bloqué les caméras sur le seuil, au rez-de-chaussée. Je lui en suis presque reconnaissant, aujourd'hui. Car j'étais trop bouleversé, renversé.

Sur le palier, le trou d'obus n'apparaissait plus, bien sûr. L'Algérien avait tout replâtré, repeint, astiqué. Mais je retrouvais mes morts. Je redécouvrais la pauvreté. Et je me suis demandé comment nous avions pu vivre à cinq dans ces quelques mètres carrés. Question ridicule peut-être, tant les entassements sont fréquents, partout dans le monde, mais il s'agit de notre histoire, à nous cinq.

Je rassemble mes souvenirs. Au sol, du linoléum (on disait le lino ou le « balatum »), un revêtement presque oublié aujourd'hui, fait d'une toile de jute recouverte d'un mélange composé surtout de résine et ornée de turqueries. Aux murs, des papiers que l'on changeait tous les deux printemps : la famille entière se mettait alors à l'ouvrage, les enfants étant chargés d'arracher les papiers peints voués à la poubelle (et les journaux qu'ils recouvraient, qui formaient une sous-couche). Un plaisir. C'est Françoise Dolto, je crois, qui expliqua un jour pourquoi les enfants aiment déchirer, bousculer, détruire : afin d'affirmer leur propre puissance. Il fallait pourtant veiller, lorsque nous détachions à l'aide de nos petites truelles les fragments de vieux journaux, à ne pas attaquer le plâtre qu'ils protégeaient. Mais nous étions heureux, guère soucieux de la poussière qui envahissait tout, recouvrait au milieu de la pièce l'amoncellement des meubles vaguement protégés par de vieilles toiles, encrassait aussi nos gosiers et nos bronches. Heureux donc, fiers aussi de nous montrer utiles. Et nous recommencions tous les deux ans ! J'ai retrouvé un texte intitulé *À travers la France maritime*, publié en 1895 par un certain Georges Marguerit qui s'étonnait : « Un Dunkerquois, écrivait-il, appelé à fixer sa résidence à deux cents kilomètres de chez lui, étonnera ses nouveaux concitoyens par les toilettes répétées qu'il fera subir à sa nouvelle demeure. » Il était dans le vrai, ce monsieur Marguerit. Sauf sur un point : à en juger par ce que j'ai vu ailleurs, ce n'était pas une exclusivité dunkerquoise ; il en allait ainsi dans toute la région.

Poursuivons l'état des lieux. Donc, la pièce à vivre avec son lino et son papier fleuri, l'imposante cuisinière à charbon, surmontée d'une cheminée où le buste de plâtre d'une Hollandaise au nez écorché voisinait avec quelques cadres, et une grande glace. À droite de la cheminée, un placard, à gauche un lit pliant où nous dormions, mon frère et moi. Où nous nous battions aussi la plupart des soirs, comme des garnements – bourrades, coups de poing et de pied – dans le plus total silence, de crainte d'alerter les parents. Le sommeil avait rapidement raison de nos querelles. Quand l'âge vint, ce fut la lecture, sous draps et couvertures, chacun s'éclairant d'une lampe électrique.

Au petit matin, mon père nous réveillait en se préparant pour la journée : il était bien contraint d'allumer pour se laver, se raser – avec un « sabre », comme on disait, dont il aiguisait la lame le dimanche, sur une longue et mince lanière de cuir dont je n'ai pas retrouvé le nom (les encyclopédies, très prolixes sur les soins et les objets de beauté féminins, ignorent volontiers ce qui concerne les hommes).

Le spectacle dont je ne me lassais jamais, c'était de le voir se coiffer, face à la glace qui surmontait la cheminée. S'étant lavé les cheveux, il les alignait avec soin, douceur et patience, tous vers l'avant. Le peigne, ensuite, écartait les plus longs et les plus nombreux vers la gauche, la minorité plus courte vers la droite. Il recommençait, recommençait encore, afin que la raie ainsi formée ne s'autorise aucun détour. Il se souriait enfin, satisfait, s'appréciait. Il était bel homme et le savait. J'aimais ce sourire de l'aube, j'en étais fier. Mon père nous regardait parfois, mon frère et moi, comme pour vérifier que nous étions bien éveillés, que nous avions bien observé, que nous étions tout autant satisfaits. Nous gardions le silence. Je lui adressais souvent un clin d'œil qui se voulait complice. Mais en ce temps-là, j'étais incapable de remuer une paupière sans que l'autre se juge obligée de suivre le mouvement.

Deux lits se partageaient la seconde pièce. Mes parents y dormaient ainsi que ma sœur (parfois l'un ou l'autre des garçons, malade, dont ma mère voulait surveiller le sommeil). Je m'interroge encore. Quelle intimité mes père et mère pouvaient-ils se ménager ? Je suis certain qu'ils prenaient mille précautions. Mais songeant à la plupart des couples de ce temps, soumis à de tels entassements – nous n'étions pas les plus mal lotis –, je les imagine, exaspérés, attendant que les enfants s'endorment. J'imagine les étreintes silencieuses, les gémissements, les halètements, les rires, les soupirs et les mots étouffés, les exclamations de soirs de boisson ou encore les gamins et gamines éveillés, tendant l'oreille, tentant de voir, apeurés peut-être, ou rigolards. Un monde obscur, bruissant de secrets, troué de regards, de fugaces visions, de chairs devinées. De frustrations. Avec, en guise de conclusion (provisoire), des naissances non désirées. Car les gens de mon quartier ne connaissaient, en matière de régulation des naissances, que l'avortement ou une méthode ainsi résumée : « On doit, disaient-ils, battre en grange et vanner dehors » (pour les lecteurs peu initiés aux réalités agricoles, il faut préciser que vanner signifie secouer le grain).

Je ne me posais guère de questions alors, ignorant tout. Mais j'avais découvert au grenier, dont les locataires se partageaient chaque coin, un vieil album de cartes postales dont une série, intitulée « Autour des lits clos bretons », représentait des couples à demi dévêtus émergeant d'étranges placards. Même si je ne comprenais rien à l'utilité de ces lits clos, la tenue de ces jeunes hommes et de ces jolies femmes permettait de penser qu'il eût été inutile et risqué de quêter la moindre explication.

Le problème s'aggravait lorsque débarquaient familles ou amis. Puisque nous habitions sur la côte, les unes ou les autres s'annonçaient volontiers pour le week-end, voire davantage quand furent instaurés la semaine de quarante heures et les congés payés. Les enfants se partageaient, sur le sol, les matelas : un vrai bonheur de chamailleries et de jeux entre cousins et cousines. Les adultes se contentaient de sommiers. La nuit bruissait de gloussements étouffés, vite interrompus par les menaces, jamais mises à exécution, d'un père ou d'une mère qui voulait imposer le silence. Se rendre aux toilettes sans écraser un ventre ou heurter un visage devenait un exercice périlleux et surtout un jeu très apprécié. Au petit matin, commençaient les rangements pour une autre vie, la vie debout, chaises désempilées, table dépliée, lits refermés.

Les jours de fêtes familiales, que les gens du Nord ont toujours voulues aussi fréquentes que possible, ces problèmes prenaient une dimension nouvelle, supérieure ; ils me paraissent, aujourd'hui, insolubles.

Je voudrais me souvenir. Comment se débrouillait ma mère pour préparer, organiser de tels repas ? Des chaises étaient prêtées, en renfort, par les voisins ou le bistrot du coin, lequel fournissait aussi des tréteaux et quelques-unes des planches dont il faisait des tables, sur son trottoir, les jours de fêtes et de soleil. De même pour les verres, les assiettes et les immenses marmites qui se disputaient la surface de la cuisinière et du réchaud à gaz. Mais comment veiller à l'exacte cuisson de chaque plat ? Comment servir chacun sans renverser soupe, sauce ou bière ?

Ces fêtes étaient des exploits et ne pouvaient être réussies sans que chacun se disciplinât, les femmes veillant, avec des succès inégaux, sur leurs compagnons prompts à lever le verre à la santé des présents ou des absents.

Nous nous tassions à vingt-cinq ou trente dans la pièce à vivre, pour la journée presque entière, puisqu'il n'était pas question – même pour les enfants – de quitter la table entre les plats, multiples et imposants. Alors, on meublait en chantant. Quelqu'un criait : « La balle à Gustave. » Ou à Charles. Ou à Zélie. Charles ou Gustave ou Zélie se faisait un peu prier, pour la forme, mais il (elle) avait préparé la chanson, eût été peiné(e) et froissé(e) qu'on ne le (la) sollicite pas, sortait le papier d'écolier où il (elle) avait calligraphié de longue date – puisque chacun avait son répertoire et s'y accrochait – refrains et couplets. L'assemblée fredonnait avec lui (ou elle) puisqu'elle connaissait « la » chanson de Gustave, de Charles ou de Zélie, et eût été déçue qu'il (ou elle) ait cédé à l'envie bizarre d'en changer. L'affaire faite, Charles, Gustave ou Zélie attendait, faussement modeste, les applaudissements, ban ou triple ban. À moins qu'un oncle ou un beau-frère n'entame une ritournelle – « Quand un chanteur a bien chanté, toutes les femmes doivent l'embrasser » – qui faisait se regrouper celles-ci dans un grand désordre de chaises repoussées ou escaladées. Et puis Charles ou Gustave ou Zélie relançait la « balle » à un Alphonse ou une Eulalie qui n'attendaient que cela et montraient grise mine, l'espace d'une seconde, quand la maîtresse de maison, ou l'une de ses adjointes d'occasion, annonçait que les vol-au-vent – ou la langue de bœuf sauce tomate, ou la volaille –, étaient prêts, ne pouvaient pas attendre. Car ils étaient ainsi, les plats, ils se faisaient attendre, mais ne supportaient guère d'en faire autant. Même le jambon-salade qui précédait toujours le fromage et les desserts.

J'ai parfois pensé que c'était une revanche des femmes, de rythmer ainsi la fête sous des prétextes culinaires qui ne faisaient guère de dupes. Nous goûtions pourtant le bonheur d'être réunis. Nous l'étirions jusqu'au soir, le soir où il urgeait soudain de tout ranger, de se mettre à la vaisselle, de rapporter à qui de droit les objets empruntés ou de les entasser sur le palier – une aubaine, ce palier du dernier étage que nous pouvions encombrer à notre gré – afin de « faire de la place », c'est-à-dire étaler sur le lino matelas, draps et couvertures pour ceux qui coucheraient là. Qui ne parviendraient pas à s'endormir. Qui plaisanteraient, riraient, songeraient à tous les restes que l'on finirait le lendemain. Une fête bis. Que l'on appelait le raccroc. Et les enfants rêvaient qu'elle ne se termine jamais.

La pire ennemie de notre enfance

Ce matin-là, je me préparais pour l'école, luttant, comme chaque jour ou presque, contre les lacets de mes bottines à clous (clous que nous appelions des daches). Ces lacets, qui se croisaient, allant d'un œillet à l'autre, montraient une fâcheuse tendance à se casser les matins où, mal réveillés, nous avions traîné et pris quelque retard. Ce qui arriva. Au grand dam de ma mère qui nous pressait. Il fallait trouver dans le tiroir du buffet, encombré de bricoles, un nouveau lacet, l'enfiler dans chacun des trous. Toute une histoire.

C'est alors que l'on frappa à la porte. Une voisine vêtue de noir, chapeau sur la tête et crêpe dont elle se couvrirait bientôt le visage. Son enfant était mort trois jours plus tôt. Je le savais. J'y avais à peine pris garde : ces décès étaient fréquents. Le croup tuait. Une maladie du larynx (la muqueuse enflammée est couverte d'une fausse membrane qui finit par provoquer l'asphyxie) que les médecins ne savaient pas soigner. Ils utilisaient des vomitifs, inefficaces. Les agonies, spectaculaires, qui déformaient les visages des bébés, s'éternisaient. Il n'était même pas question d'hôpital. Le croup, c'était la fatalité, l'arrêt de mort que quelques-uns s'efforçaient de conjurer par des prières.

Ils invoquaient avec force saint Blaise, évêque en Arménie au quatrième siècle, patron des tisserands pour une raison mystérieuse, mais réputé pour vaincre les maux de gorge depuis qu'il avait ôté de celle d'une fillette mourante l'arête de poisson qui l'étouffait. Le croup, à coup sûr, tuait plus que les arêtes. Saint Blaise n'était pas de taille à lutter.

La coutume voulait que chaque cortège de funérailles soit précédé par un enfant de chœur portant une croix, suivi d'un prêtre accompagné d'un voisin ou d'un ami, du même sexe et à peu près du même âge que le défunt, portant un coussin sur lequel reposait une autre croix. Notre voisine, bouleversée, avait oublié d'en chercher un. Il lui fallait un enfant, d'urgence, pour faire l'accompagnant. Le sort tomba sur moi. Il n'était pas question de refuser. On m'habilla « en dimanche ». Ce qui réglait le problème des bottines, puisque je porterais des souliers « bas ».

Je fus très vite prêt, me rangeai près du prêtre et le petit cortège put s'ébranler. Pour les obsèques d'enfants, surtout quand ils étaient destinés, comme celui-ci, à la fosse commune, on n'utilisait pas de grands corbillards tirés par des chevaux. Seulement une sorte de chaise à porteurs, à tentures blanches, que les croque-morts soulevaient sans peine.

La messe fut rapidement expédiée. Plus long fut le chemin qui menait au cimetière. C'était en janvier. Le froid brûlait les oreilles. Je ne m'en souciais guère. J'évitais une matinée de classe et cela seul comptait.

Coïncidence : devenu, pendant les années de guerre, enfant de chœur, je fus un spécialiste des obsèques de petits pauvres. Élève de l'enseignement public, je n'étais évidemment pas autorisé à quitter la classe à tout bout de champ pour le service de l'Église. À moi, donc, les enterrements du petit matin bâclés avant l'heure de l'école, ceux des indigents : plus la famille payait, en effet, plus la cérémonie était tardive. Je trottais donc aux côtés du vicaire, dans la nuit, portant une petite croix de bois (proportionnée elle aussi à la richesse du défunt) pour aller faire la « levée du corps » dans une entrée de courée ou le couloir à peine éclairé d'une maison populaire où nous attendaient, autour d'une famille en pleurs, quelques voisines mal vêtues (les hommes ne pouvaient se permettre de perdre une demi-journée de travail) et pressées d'en finir. Parce qu'elles avaient à faire le ménage, la cuisine, les courses, les gosses à garder, les ragots du quartier à propager, et que sais-je encore.

Ce fut pour moi la routine. J'avais pourtant le cœur serré quand je pensais à ces petits cadavres. Et il m'arriva de prier vraiment pour ces morts de quatre sous.

Mais ce matin-là, c'était le bonheur. Puisque je coupais à l'école : de retour du cimetière, je disposais de la fin de la matinée pour jouer. J'ignorais que mon plaisir serait bientôt décuplé.

Quand, l'après-midi, j'arrivai en classe, muni d'un billet d'excuse en bonne et due forme, j'appris en effet que toute l'école partait au cirque, une séance offerte par la municipalité. Un cirque moyen, mais le meilleur spectacle que j'aie vu jusqu'alors. Pas de grands fauves. Seulement quelques chevaux efflanqués. Une idée cependant, astucieuse : leurs cavaliers étaient divisés en deux groupes qui se poursuivaient autour de la piste ; des cow-boys et des Indiens emplumés. Quand ils cessèrent de tourner et mirent pied à terre, le chef des Indiens retira l'un de ses mocassins pour le mettre sous le nez des cow-boys qui s'effondrèrent, l'un suivant l'autre, asphyxiés. Ce qui nous fit beaucoup rire.

Oserai-je écrire que cette journée m'a laissé un très bon souvenir ?

Le croup qui avait tué mon petit voisin avait une origine contre laquelle on commençait pourtant à lutter efficacement, la diphtérie. Pour nous vacciner contre elle, ma mère organisait des séances à domicile. Nous y passions tous les trois. Le médecin, qui se déplaçait, utilisait une curieuse méthode. Afin, j'imagine, de nous éviter la peur, il dissimulait avec soin sa seringue, mais brisait devant nous ses petites ampoules de verre emplies de liquide sombre. Quand il nous faisait tourner le dos pour nous piquer je pensais, pas très malin certes, qu'il le faisait avec ces ampoules aux bords acérés, irréguliers, et qu'un petit morceau de verre, peut-être, resterait dans mon dos. Désireux de jouer les courageux, je n'osais pas le dire. Plus tard, j'ai regretté que l'on n'enseignât pas, alors, davantage de psychologie – du moins un peu de bon sens – dans les écoles de médecine.

Soucieux de rendre plus fluide la circulation de nos voies respiratoires, les médecins menaient aussi une guerre sans merci aux amygdales, ces « structures en forme d'amande », selon le dictionnaire, situées près du larynx. Qu'un gosse souffre d'une angine ou de rhumes à répétition, le même verdict tombait : « Il faudra un jour enlever les amygdales. » La médecine a des modes. Le *Larousse médical* explique aujourd'hui que lesdites « structures sont utiles dans la lutte contre les microbes ». À l'époque, on charcutait à la première occasion. D'autant que ce n'était pas une grosse affaire : un quart d'heure d'anesthésie au maximum et vingt-quatre heures de lit. Je fis donc connaissance, après verdict médical – pour trois jours quand même – avec l'hôpital. Le pavillon des enfants comportait surtout une très longue salle aux murs grisâtres où cohabitaient jambes cassées, appendicites et quelques malheureux débiles, pensionnaires permanents, semblait-il, qui rôdaient entre les lits, se faisaient repousser, repartaient, dociles, les yeux perdus, bavant des mots inaudibles.

On amena un soir dans cette salle, sur une civière, un adulte, un motard en très mauvais état, qu'on n'avait sans doute pu loger ailleurs. Il râlait à grands bruits, inconscient, nous tenant tous éveillés, faisant hurler de concert un des débiles, jusqu'au petit matin où sa mort nous permit de sommeiller enfin.

Une sorte de familiarité avec la mort existait alors. Peut-être parce que celle-ci était toujours affichée. La plupart des gens du quartier mouraient chez eux. Aussitôt, la porte de leur courée ou de leur immeuble était entourée de tentures noires. Les « faire-part » de deuil, autrement appelés « billets de mort » ou « mortuaires », étaient assez rares, souvent remplacés par de petites affiches manuscrites collées aux vitrines des boutiques et des cafés, parfois, quand même, par une annonce dans le journal local. Les cortèges funèbres traversaient presque chaque jour le quartier, du domicile à l'église puis au cimetière. Le deuil était longtemps porté. Par les femmes qui accrochaient un voile à leur chapeau du dimanche pour des périodes qui suivaient des règles très strictes, variables suivant le lien de parenté avec le défunt. Par les hommes qui enfilaient un brassard noir aux manches de leurs vestes. Et par les enfants : quand ma sœur mourut, pendant la guerre, d'une tuberculose aiguë aussi appelée phtisie galopante, tout ce qui dans nos vêtements pouvait être teint en noir – tricots, cache-col, chaussettes, et j'en passe – le fut. J'appris aussi, ces jours-là, qu'une mort nécessitant la « concession » d'un bout de terrain au cimetière si l'on voulait éviter la fosse commune pouvait être une catastrophe financière.

La tuberculose. C'était la terreur de ma mère. À l'âge de huit ans, elle avait vu la sienne en souffrir et périr. Une scène qu'elle revivait chaque jour, je crois bien : la maman, couchée dans la seule grande pièce de leur minuscule maisonnée, dans leur village du sud de Lille, s'était redressée soudain, criant : « Mes enfants n'ont plus de mère », avant de s'effondrer, morte.

Ici, je m'interroge. Puis-je poursuivre cette évocation ? Dire au moins que la peur de cette maladie était obsessionnelle. Que nous courions au dispensaire pour passer une radio des poumons à la moindre alerte, si le visage s'allongeait, pâlissait, ou si la bascule du pharmacien n'indiquait pas que nous avions pris du poids. Que, pour des raisons mystérieuses, le BCG, pourtant mis au point à Lille dans les années vingt par Calmette et Guérin, était peu administré, presque inconnu. Que les gamins ou les gamines qui allaient partir pour le « sana » ou le préventorium étaient, les jours précédents, considérés comme des lépreux dont chacun s'écartait. Que ceux qui en revenaient – moins nombreux – restaient tout autant isolés. Qu'il nous était interdit de porter à la bouche le moindre objet, toujours susceptible de véhiculer des « microbes ». Qu'il ne fallait jamais boire à une bouteille entamée, fût-ce par un camarade de classe ou de jeux. Encore moins sucer un bonbon dont un copain partageur avait auparavant apprécié la saveur. Qu'il importait de se laver énergiquement les dents car le savon massacrait les démoniaques microbes. Que se nettoyer les mains aussi souvent que possible – surtout après avoir manipulé de la monnaie qui, circulant beaucoup, était sale par définition – avait la même efficacité. Que nous faisions une ample consommation de tisanes de toutes espèces, achetées dans une herboristerie (nombreuses à cette époque où les mots « écologie » et « biologique » nous étaient en revanche tout à fait inconnus). Que personne ne renâclait quand, à l'école, on nous donnait à vendre des timbres de la Ligue contre la tuberculose. Qu'il fallait surtout profiter du « bon air » à la moindre occasion : par chance, la mer était toute proche, la campagne également. Mais aussi la tuberculose, toujours présente et toujours cachée, aux aguets, sournoise, presque invincible. La pire ennemie de notre enfance.

Les carnets noirs

La rue était matinale. Très tôt, avant même que les cloches de l'église et les sirènes se fissent concurrence, nous entendions le glissement furtif des vélos sur le pavé. Des tintements de sonnettes, parfois. Plus souvent des bribes de conversations : les ouvriers faisaient étape au tabac-journaux-buvette d'en face.

Ils parlaient fort. Leurs voix avaient cet accent rauque que donnent la poussière des fonds de cale et les cigarettes dont ils faisaient grand usage, roulant le tabac dans du papier Job qu'ils collaient d'un coup de langue vif et précis.

S'ils s'accordaient là une première étape, ce n'était pas pour acheter les journaux. La distribution des quotidiens était assurée par des porteurs à domicile qui, en arrimant de grands sacs au guidon de leur vélo, annonçaient leur passage en soufflant dans une petite corne que nous appelions teutre, et ramassaient leur dû à la fin de la semaine. Car ils tenaient, eux aussi, leurs comptes dans un petit carnet noir.

Les travailleurs du petit matin s'approvisionnaient en tabac « gris ». Même s'ils se fournissaient en « belge » – moins cher – par des circuits parallèles, ils ne tenaient pas trop à le montrer par crainte de la délation : la douane était vigilante, bien fournie en indicateurs.

Ils s'offraient aussi un petit genièvre. Les Flamands disaient un « *schlock* », une gorgée. D'autres, qui mêlaient l'alcool au café, parlaient plutôt de bistouille.

Puis : « Salut mon poteau. » Ou en franco-flamand : « *A noste kée* » (au revoir). Rarement « bonne journée ». Car ils la pressentaient rude, la journée. Surtout les dockers. D'abord, l'angoisse de ne pas trouver d'embauche. Et alors, le retour, pas fier, à la maison, avec quelques escales pour se remonter le moral. Puis : quelle embauche, pour quel chargement ou descente à quai ?

Les grains, en vrac dans la cale du navire ? Alors, il faudrait remplir des sacs d'une centaine de kilos qui, hissés et déposés sur la terre ferme, seraient vérifiés à l'aide d'une bascule par un employé municipal appelé « peseur juré » (« D'accord avec le peseur et moi-même » était dès lors devenu, dans la ville, une expression courante, pour tous usages).

Les grains seraient ensuite aspirés, stockés dans un silo. Mais il existait pis : le nitrate du Chili, les minerais des Indes ou de Scandinavie, les balles de laine argentine arrivées de La Plata, le sucre de Cuba, qui se transformait en pierre, le temps d'une traversée. Et, toujours, la tentation d'aller vite pour gagner plus, finir plus tôt, au risque de mal arrimer une caisse qui s'écraserait à fond de cale, de ne pas vérifier une élingue qui laisserait tomber son chargement de sacs. La rubrique des accidents du travail était quotidienne dans le journal local. Alors, pour se donner du cœur à l'ouvrage, qu'elle était réconfortante la chaleur du petit coup de genièvre au tabac-buvette-journaux, avant de reprendre le vélo, dans le vent du matin qui s'opposait, freinait, faisait parfois voler les casquettes et les bérets.

La rue, déjà, s'était animée. Les boutiques s'ouvraient. Pas encore « Le Soulier rouge », tenu par une marchande de chaussures que chacun appelait « La Godasse », bien sûr, et dont les clients n'étaient pas légion, sauf peut-être sur les marchés de l'agglomération où elle montait régulièrement son étal.

Mais les épiceries accueillaient déjà les ménagères. Histoire de subsister, l'une de ces boutiques, toute petite mais bien fournie en bonbons acidulés que l'on achetait « à la mesure » et qui portaient ce nom, boutique très fréquentée donc par la marmaille, faisait également buvette dans un coin sombre où palabraient à longueur de journée quelques retraités usés.

Comment pouvait-elle résister à la concurrence de la « Coopé », la Coopérative de Flandre et d'Artois, très grande et bien achalandée ? Réponse : elle disposait d'un atout efficace : le petit carnet noir – encore un – où s'inscrivaient les dépenses de la semaine. La Coopé, qui ne pouvait se le permettre, contre-attaquait, entre autres, par un système de timbres, remis à chaque achat – le principe des cartes de fidélité en somme –, qu'il fallait coller sur de grandes feuilles, lesquelles permettraient, bien remplies, de récupérer quelques francs. Dans une rue voisine, l'épicerie NEN – « Les nouvelles épiceries du Nord » – offrait des cadeaux en nature. Chichement.

C'est vers celle-ci que, des mois durant, nous avons dirigé nos pas dans l'espoir d'une belle récompense – c'est là aussi que j'entendis une ménagère acheter de la margarine, laquelle était pour nous une nouveauté, en l'appelant « beurre de chômeur ». En réalité, comme la plupart des familles, nous regarnissions nos tartines que de saindoux. Quant au cadeau qui avait nourri nos rêves et se fit longtemps attendre, il apparut sous la forme de deux minuscules tasses de faïence. L'épicerie NEN ne nous revit plus. Le rêve se brisa. Les tasses subsistèrent.

Ils étaient toujours ainsi, les rêves, ils se brisaient.

Un gamin du voisinage possédait un cyclorameur, tricycle que l'on fait avancer en tirant sur deux bras de métal. Nous, les autres, nous étions tous jaloux quand il sprintait sur le trottoir. Nous ne possédions, en guise de cerceaux, que de vieilles roues de bicyclettes, et nous faisions rouler des caisses de savon de Marseille sur des essieux de voitures d'enfants. Or, ce garçon, dont on ne connaissait pas le père, à peine la mère, et qui déménagea bientôt, n'entendait pas prêter son cyclorameur, jamais. Il détonnait un peu parmi nous, fut le premier à porter des chemises Lacoste et des pantalons de golf, comme ceux de Tintin dont nous suivions les aventures dans *Cœurs Vaillants*, disparaissait parfois pour des voyages qui l'emmenaient, prétendait-il, jusqu'à Paris. Paris... Nous ne le croyions qu'à demi. Et voici que le journal *Cœurs Vaillants*, justement, organisa un « grand » concours – les concours des journaux sont toujours dits « grands » – dont le premier prix était un « voyage pour deux personnes à Paris », à l'occasion de l'Exposition universelle de 1937 et le troisième un cyclorameur. Je participai avec ardeur à toutes les épreuves qui se suivaient, bien entendu, de semaine en semaine et ne gagnai rien, même pas l'abonnement gratuit de trois mois réservé aux cinq cents derniers prix. Ma chance était de pouvoir oublier rapidement la malchance. Et de recommencer.

Le jeudi et les jours de vacances, la rue était notre royaume. Elle traversait la Basse-Ville, quartier que l'on dirait aujourd'hui « sensible », où se mêlaient usines et courées, écoles et même un orphelinat pour les enfants des mariniers, nom que nous donnions aux occupants des péniches que nous appelions, elles, des bèlandres (mot inconnu des dictionnaires français, je viens tout juste de le constater, et tiré d'une expression flamande signifiant « à travers les terres »).

Cette rue de la Paix – c'est toujours son nom – partait d'une artère plus bourgeoise (immeuble de la douane, église, presbytère), pour déboucher sur un terrain vague encombré des débris d'une ancienne poudrière, des morceaux de béton et de cailloux avec lesquels les gamins se battaient de bande à bande – chaque bande correspondant en gros à une rue – en évitant quand même de viser les têtes.

Quand la violence devenait trop évidente, le maréchal-ferrant intervenait. Car il en existait, là, encore un, en dépit de la multiplication, encore timide il est vrai, des camionnettes et camions. Les marchandises venues du port étaient, en effet, transportées sur de longs chariots aux roues immenses, cerclées de fer, et au plancher très bas, rasant presque le sol, sans doute pour être chargées plus aisément. C'était un bonheur d'y sauter en courant quand ils revenaient vides. Le cocher faisait mine de ne pas nous apercevoir, d'être absorbé par la conduite de ses lourds chevaux – hue ! dia ! –

et ne secouait son fouet pour nous intimider que si nous entamions là, sur son terrain, une de ces batailles, guère dangereuses en vérité et encore moins haineuses, qui traduisaient plutôt notre plaisir d'être ensemble.

Il le savait comme nous le savions. Le maréchal-ferrant aussi, que nous admirions surtout quand il couronnait de métal ces grandes roues de bois. Les braises, les flammes, le soufflet, le fer porté au rouge et bientôt fixé autour du bois dont nous attendions toujours qu'il brûle. Mais non. Jamais. Seulement quelques flammèches, vite éteintes. Car l'homme et ses aides déversaient aussitôt sur la roue des bacs d'eau, vite devenue nuages de vapeur qui nous faisaient reculer, apeurés. Et déçus.

Alors, nous retournions à nos trottoirs et nos caniveaux, que nous appelions ruisseaux, où chaque courée déversait ses eaux usées. La brasserie voisine aussi, d'où s'échappait un liquide roussâtre, épais et tiède, malodorant, sur lequel nous organisions, sans dégoût, des courses entre de frêles esquifs de papier, vite naufragés, ou d'allumettes qui résistaient davantage.

Quand le ruisseau était à sec, nous jouions aux billes. Comme on commence à l'oublier, il existe d'infinies variétés de jeux de billes, les plus courantes consistant à tracer sur le sol une figure géométrique – cercle, carré, losange – à l'intérieur de laquelle chaque joueur dépose une bille ; ensuite, à partir d'une ligne convenue, à courte distance, chacun s'efforce, en lançant une autre bille, de déloger, à son profit, celles qui ont été ainsi exposées.

Les gamins de la rue de la Paix, et parfois les gamines qui les accompagnaient, préféraient parfois jouer « à la ligne », c'est-à-dire le long du caniveau. Le premier joueur, genou posé à terre, envoyait d'un coup de pouce sa bille le plus loin possible, n'y parvenait pas toujours, car elle musardait ou restait bloquée entre deux pavés. Les suivants devaient la déloger et celui qui y parvenait l'emportait. Rien de plus simple en apparence. Mais des règles diverses compliquaient la partie, permettaient de changer l'angle de tir, de quatre-vingt-dix degrés par exemple, en criant : « ligne dessus à la moelle des os » ou : « ligne dessus à la tour Eiffel », étranges expressions dont j'ai gardé le souvenir, mais perdu le sens exact. D'ailleurs, je perdais souvent. Et il n'était pas question d'implorer ma mère pour qu'elle me donne les « sous » qui permettaient d'acheter de nouvelles billes à l'épicerie.

La plupart des demandes intempestives d'argent, ou d'achat, importantes ou non, se heurtaient à la même réponse : « Je n'ai pas la fortune de Rothschild. » Ce qui était peu dire. Rothschild, dont j'ignorais tout, et d'abord qu'ils étaient plusieurs, était devenu pour moi un personnage mythique, une sorte de géant chargé d'or, lointain, de nationalité inconnue, capable d'acheter des villes entières. Je ne l'imaginais pourtant pas acquérant des tonnes et des tonnes de billes. Et j'enrageais, sans insister, sachant bien que ce serait inutile, que ma mère m'avait compris mais qu'elle ne voulait simplement pas, qu'elle ne pouvait pas, même si elle en souffrait la première, et je suis sûr qu'elle en souffrait, je le savais dès mes premières années, qu'elle ne pouvait pas, donc, déroger à la règle qu'elle s'était donnée, fût-ce pour acheter quelques billes.

Heureusement, mon frère ou un autre gamin se montraient solidaires, acceptaient de m'abandonner une ou deux billes. Que je m'empressais de perdre.

J'aurais pu, bien sûr, consacrer mon « dimanche » à l'achat des billes. Nous appelions

« dimanche » l'argent que mon frère et moi recevions ce jour-là. Une pièce de 10 centimes chacun : deux sous. Cela nous permettait d'acheter au tabac-journaux-buvette d'en face, lui, *Le Petit illustré*, moi, *L'Épatant*. Le héros du *Petit illustré* se nommait Bibi Fricotin. Ceux de *L'Épatant*, les Pieds nickelés (Ribouldingue, Croquignol et Filochard).

C'est dans l'un de ces hebdomadaires que nous avons fait la connaissance de Pierre Dac dont nous ravissaient les textes du type : « Madame Nicravate a le plaisir d'annoncer la naissance de sa fille qu'elle a baptisé Nicole », ou : « Les navires terrestres sont des automobiles qui tombent accidentellement à l'eau. »

Un feuilleton sans queue ni tête, intitulé *L'Homme au genou creux*, nous passionnait. Son héros, en conclusion, s'écriait : « Eurêka ! J'ai trouvé ! Si mon genou est creux, c'est qu'il n'est pas rempli. » Ce que nous nous répétions presque chaque jour, presque comme un mot de passe, le signe d'une connivence. Nous avions découvert les termes « loufoque » et « loufoquerie ». Nous éprouvions donc le sentiment, rare et peu recherché par nous, d'être dans le vent de la mode.

C'est Pierre Dac aussi qui, dans l'un de ces

journaux, ou dans son propre hebdomadaire, *L'Os à moelle*, très apprécié d'un voisin, annonça l'ouverture d'un grand concours. Le voisin étant prêteur, je me précipitai pour en lire le règlement. Il spécifiait que ledit concours était réservé aux rédacteurs du journal et que les lecteurs étaient seulement autorisés à fournir les prix.

Je fus déçu. Il me fallut quelques minutes pour comprendre et rire enfin. Mais cela ne m'a pas guéri des concours et autres loteries.

Je fus d'ailleurs réconforté par le Front populaire. Les premières semaines, il provoqua dans la rue une sorte de fête. La municipalité avait installé, je ne sais où, des haut-parleurs qui diffusaient des musiques joyeuses. Les ouvriers de la brasserie voisine, qui en occupaient en principe les locaux, paressaient plutôt au soleil de juin, presque allongés sur le trottoir, attendant que leurs épouses leur apportent, à midi, une musette chargée de leurs repas. Et nous, les gamins, nous tournions autour d'eux, amusés par l'insolite.

L'événement, pour mon frère et moi, fut ailleurs. Les salaires ayant été augmentés, notre « dimanche » le fut aussi. Il passa de dix centimes à vingt-cinq. De quoi acheter, outre

L'Épatant et *Le Petit illustré*, *Cœurs Vaillants* et un gâteau à la sortie des vêpres, le dimanche après-midi, à la pâtisserie qui faisait face à l'église.

J'ai toujours mal supporté, depuis, que l'on médise du Front populaire.

D'autant que j'avais gardé, que j'ai toujours présent à l'esprit, un autre souvenir, antérieur. Celui d'un soir où nous étions déjà couchés, mon frère et moi, dans la pièce à vivre, prêts à dormir. Ma mère pleurait. Elle est venue s'asseoir sur notre lit pliant, tenant à la main nos tirelires, deux petites boîtes de bois. Je ne sais plus ce qu'elle nous a dit. Des explications sans doute. Des excuses aussi. Elle nous a pris notre argent. Je vois encore un grand billet, immense comme on les faisait alors, plié en quatre ou en huit, un don de mon parrain. C'est qu'il ne restait plus un sou chez nous et qu'elle ne voulait pas, absolument pas, avoir recours au petit carnet noir, tellement utilisé dans les boutiques de la rue.

Plus tard, bien plus tard, j'ai compris : nos tirelires ont été vidées en 1935 lorsque Pierre Laval, président du Conseil, décida de restreindre les dépenses de l'État, notamment en réduisant les traitements des fonctionnaires et assimilés. Une opération nommée déflation.

Il existe de vieilles photos de la rue où des inscriptions, à la craie, mettaient en cause ce chef du gouvernement qui, quelques mois plus tôt, au grand plaisir des communistes, avait pourtant signé un traité d'alliance avec l'URSS. Ces graffitis, il est vrai, étaient noyés parmi d'autres, des dizaines d'autres, du type « Toto aime Lulu », « Julie est une salope », des cœurs percés d'une flèche, ou de petits bonshommes dans d'étranges positions. Les tags n'existaient pas encore. Mais les façades parlaient déjà.

Mieux outillés que les gamins, mais guère plus respectueux des murs, les partis utilisaient de la peinture. « Avec Doriot, le PPF vaincra[1] », proclamait une inscription étalée sur une palissade d'une rue voisine. Curieusement, les socialistes et les communistes, nombreux dans le quartier, la laissèrent longtemps subsister.

Les débats politiques, il est vrai, ne se traduisaient guère dans la vie quotidienne. Même

---

1. Jacques Doriot, transfuge du parti communiste, avait lancé le Parti populaire français, fascisant.

les soirs d'été, quand, de tous les immeubles et de toutes les courées, sortaient, chaises ou tabourets en main, des familles qui s'installaient sur les trottoirs pour bavarder. Les adultes évitaient les sujets qui fâchent. D'ailleurs, ils appartenaient presque tous au même bord.

Ils préféraient parfois, ces soirs-là, faire chanter. Une voisine se taillait des succès avec la « Marinella » de Tino Rossi, un air sur lequel on avait dansé au printemps du Front populaire, ou le « Parlez-moi d'amour » de Lucienne Boyer. Il existait bien une chanson accusant les 200 familles, « qui accaparent la richesse (...), qui provoquent votre détresse », et une autre qui célébrait les congés payés :

« À nous l'espace au cours du bel été.
Hardi les gars, car la vie est meilleure
au bon vent de la liberté. »

Mais elles étaient à peine connues. Pour une simple raison : les radios, très récemment entrées dans les foyers et très écoutées, ne leur accordaient aucune place.

En matière de manifestations politiques, j'ai surtout le souvenir d'un grand rassemblement, à l'automne 1936, d'ouvriers en grand deuil, cravatés et casquettés, quelques-uns portant des drapeaux rouges, qui partaient pour Lille, participer aux obsèques de Roger Salengro [1]. J'en vis qui pleuraient, ce qui me paraissait jusque-là impossible chez des personnages de leur trempe.

Ce deuil se prolongea.

J'aimais, le soir, après mon retour de l'école, observer celui des hommes du quartier. Du bout de la rue apparaissaient dans la nuit brumeuse de petits ronds blancs, timides, tremblants : les phares de leurs vélos. Ils allaient de front, tant les voitures étaient rares. Et, bien entendu, beaucoup s'arrêtaient au tabac-journaux-buvette d'en face, pour y poursuivre leurs conversations. Cet automne-là, le nom de Salengro revint souvent. C'était la fin de l'été 36. La fin d'un autre rêve. La rue entrait dans l'hiver.

---

1. Député-maire de cette ville et ministre de l'Intérieur. Épuisé, constamment diffamé par l'extrême droite qui l'accusait d'avoir déserté pendant la Première Guerre mondiale, il s'était suicidé.

Le café du dimanche soir

— La mort, disait l'un, c'est la seule chose qui t'arrive qu'une fois dans la vie.

— Tu te goures, objectait l'autre, il y a aussi la naissance.

— C'est pas la même chose.

Les deux hommes, accoudés au comptoir devant d'immenses pintes de bière, semblaient aimer les dialogues nécrologiques. Des dockers, assez joyeux lurons pourtant. L'un d'eux, un dimanche soir, déambula même de table en table pour expliquer qu'il existait quelque part, il ignorait où mais voudrait bien le savoir, un arbre dont le bois ferait son cercueil. À moins que les planches – sait-on jamais ? – ne soient déjà découpées, mises à sécher dans le hangar d'un menuisier. L'autre renchérit et se tailla quelque succès : il avait entendu, à la TSF, un personnage sentencieux expliquer que nous vivions un jour, chaque année, sans en avoir conscience bien sûr, l'anniversaire de notre mort. Affirmation qui provoqua la surprise, des exclamations horrifiées, puis des approbations suivies enfin de rires aigus, trop faux. Alors, l'un des auditeurs se leva, renvoya ces deux nécrophiles vers le comptoir, d'un vigoureux mais amical : « Tu nous emmerdes. Parle d'autre chose. »

Le dimanche soir, parfois, toute la famille se retrouvait ainsi au café. Parfois seulement. D'ordinaire, quand mon frère et moi rentrions du patronage, ma sœur et ma mère organisaient pour nous une partie de Nain jaune. Ou encore, nous retrouvions nos parents chez des voisins, jouant aux cartes : à la manille, toujours. Mais il arrivait qu'ils nous emmènent au café. Une vaste salle au plafond bruni de fumée et aux murs longés de banquettes de moleskine, au plancher saupoudré de sable blanc pour absorber les liquides renversés et les crachats. Parenthèse déplaisante : en ce temps-là, dans ce monde-là, les crachats étaient nombreux, dans la rue et tous les lieux publics. Les pets aussi, qui provoquaient des rires et parfois des concours de sonorité. J'aimais bien pourtant ce grand café, même si les enfants devaient se contenter d'une tiède limonade dans des verres trompeurs, assez épais pour limiter leur capacité.

Les cafés et les bistrots se comptaient par dizaines dans le quartier. Ce n'était pas un record. Il existait ailleurs, dans la ville, une rue dite « de la soif » où ils se touchaient presque.

Un sociologue aurait pu les diviser en catégories.

D'abord, les bars à matelots et les bordels de la rue des Casernes de la marine.

Ensuite, les petits bistrots et « buvettes » pour le populaire qui s'égrenaient sur tous les itinéraires fréquentés par les ouvriers. Ceux-ci se posaient là, au retour comme à l'aller, s'y attardaient le soir parce que ce n'était pas drôle de se retrouver avec la marmaille et une femme fatiguée dans un appartement exigu. Leurs vélos s'entassaient donc devant les façades de ces établissements tenus par une matrone et un retraité et, à l'heure du dîner – nous disions « souper » –, on voyait des gamins, dépêchés par leur mère, se glisser dans la nuit pour s'assurer de la présence de la bicyclette paternelle, venir tirer l'homme par la manche : « Maman a dit que c'était l'heure. » Il maugréait, se décidait quand même à suivre, tanguant parfois comme bateau de pêcheur sur mer agitée.

Nous ignorions une autre catégorie : les brasseries et grands cafés du centre-ville où se retrouvaient les notables. Mais nous aimions la dernière, celle des cafés de quartier, où les familles s'assemblaient volontiers le dimanche, les femmes éprouvant là un plaisir d'autant plus vif qu'il était exceptionnel : elles se faisaient servir.

On trouvait dans le nôtre un instrument de musique large et haut comme une armoire que tout le monde appelait piano, actionné par un certain monsieur Robert (ou Roger, je ne sais plus) qui avait perdu deux doigts dans un accident. Ce qui me laissa perplexe jusqu'au jour où je compris enfin que ce piano était mécanique.

Des couples, toujours les mêmes, pour lesquels la tenancière s'empressait, dès leur entrée, d'étaler sur une table un tapis, marqué Byrrh ou Dubonnet, jouaient aux cartes. Encore la manille.

La plupart se contentaient d'échanger des plaisanteries ou des nouvelles du quartier. On rencontrait là un Polonais qui semblait vouloir justifier la réputation de ses compatriotes en buvant plus que de raison. Un soir d'été, très tard, il ameuta toute la rue au retour du travail. Lequel était terminé depuis de longues heures. Mais notre homme avait fait en chemin plusieurs stations – on disait des chapelles, comme pour un pèlerinage –, était donc fin saoul, avait chuté de son vélo, en rendait celui-ci responsable, voulait en conséquence le punir et le brandissait à bout de bras avant de le jeter et de le jeter encore et encore sur les pavés.

Bien plus paisible était « Marie la Crème », ainsi dénommée parce que cette mère d'une famille italienne vendait des glaces les jours de chaleur. Les dimanches d'été, à l'heure du dessert, ma mère nous envoyait en acheter cinq cornets, une assiette à la main, et mon père ne manquait pas de répéter : « Dis-lui : bien servi, c'est pour un malade », une rengaine si convenue que nous avions fini par le devancer.

Au café, d'autres clients parlaient du travail. Ou des grèves, toujours ressenties comme des épreuves. Parfois magnifiées. Ainsi ils évoquaient volontiers l'attitude de dockers qui, se heurtant lors d'une manifestation à des gardes à cheval, avaient résisté à cette cavalerie en lui envoyant dans les pattes les petites charrettes des marchandes de poissons.

Une femme d'origine belge, souvent seule, pleurait, elle, des amours agitées et contrariées, qui s'étiraient de semaine en semaine comme un feuilleton pour le bénéfice des consommateurs apitoyés, mais amusés.

Ma mère prenait soin de nous écarter d'une autre famille dont les gamins et les gamines, à l'en croire, étaient de vrais sacs à puces et à poux.

Elle n'appréciait guère non plus les passages, peu fréquents il est vrai, d'un personnage toujours vêtu de chemises, cravates et complets tapageurs, aux mains très baguées, qui s'installait au comptoir, commandait un Cinzano, passait en revue du regard chacune des tables, comme en quête d'une connaissance ou d'une proie, arborait parfois une canne à pommeau, se faisait saluer très respectueusement par la patronne qui lui donnait, à lui seul, du « Monsieur », et ne s'attardait guère. Un clerc de notaire qui n'était pas du quartier. Un « homme à femmes », disait ma mère en grimaçant.

Elle compatissait davantage aux ennuis d'un retraité presque obèse, aux joues rubicondes, auquel elle recommandait – peut-être en vain, je ne sais – de se faire poser des sangsues. Ces vers « annélides », comme dit le dictionnaire, étaient alors d'un usage très répandu pour sucer le sang de qui était censé en avoir trop. Ce fut aussi le cas de mon père et je n'appréciais guère le spectacle de ces sortes de limaces, louées ou achetés en pharmacie, accrochées à son cou et qui, gorgées de sang, ne pouvaient même pas s'en repaître, étaient condamnées à le restituer dans un plat. Ce qui répugnait sans doute à notre voisin retraité amateur de stout, bière anglaise à la forte réputation méritée.

Ma mère s'inquiétait beaucoup aussi – elle n'était pas la seule – du tour que prenaient parfois les conversations, les interrompant d'un calme « attention, il y a des enfants », qui était presque toujours respecté, et nous laissait, nous les enfants, sur notre faim. Elle préférait les chansons, comme dans les fêtes familiales.

Car tout ce petit monde chantait volontiers. Les airs à la mode, ceux que diffusait la TSF ou des chanteuses de rue accompagnées d'un accordéoniste qui vendaient des « petits formats » avec paroles et musique. Les chansonnettes plus anciennes étaient également très prisées.

Je conserve avec soin le cahier d'écolier sur lequel mon père en avait consigné deux ou trois dizaines quand il servait la France, au 12e cuirassiers à Paris, au lendemain de la guerre de 14-18.

Quelques-unes mettaient les belles en garde : « Ferme la porte aux amoureux/Ma mignonnette aux grands yeux bleus/Ton cœur ma brune/C'est ta fortune. » Ou encore : « Sèche tes jolis yeux/Petite môme de misère/L'existence est amère/À tous les mauvais gueux/Pour un destin meilleur/Sois honnête et sincère. »

La plupart racontaient des histoires larmoyantes ou édifiantes. Celle du petit garçon à qui son père vient d'annoncer son remariage : « Je n'ai pas le cœur assez grand/Pour pouvoir aimer deux mamans. » Celle, plus connue, du « Train fatal » où le mécanicien, Jean, sur sa locomotive, s'en prend à Blaise, le beau chauffeur qui a « volé le cœur » de sa femme chérie. Le premier refrain met en scène de joyeux voyageurs – « Roule, roule, train du plaisir, dans la plaine jolie » –, mais quand les deux hommes en viennent aux mains, tombent de leur machine, rien ne va plus, le train aveugle et fou poursuit sa course vers le malheur :

« Flambe, flambe, train de la mort, dans la plaine rougie. » Conclusion, très machiste : « Pourquoi ces pleurs, ces cris ?/Pourquoi ces orphelins ?/Pour un simple, un tout petit rien, l'infidélité d'une femme. »

D'autres étaient, mine de rien, plus engagées, marquées d'antimilitarisme. Comme l'histoire du conscrit parti faire ses deux ans « Pour le pays, pour la Patrie », mais qui s'inquiète : « C'est un devoir, personne ne l'nie,/Mais j'ai une femme et deux enfants. » Ce que ne comprennent pas ses officiers peu doués. Le pauvre fantassin en est réduit à tendre son képi dans la caserne pour récolter quelques sous. Conclusion : « La France devrait être assez fière,/Pour nourrir les mères et les p'tits,/Et n'pas laisser ses militaires,/Comme des mendiants tendre leurs képis. »

Plus ambiguë, l'histoire du déserteur : deux camarades d'enfance partent « au régiment », l'un, docile, l'autre, « mauvaise tête », qui s'enfuit un jour : « L'humanité, voilà mon rêve, disait-il./Pour ne pas marcher contre des ouvriers en grève,/J'ai bien mieux aimé déserter. » Épilogue : le premier meurt au combat, héroïquement, en Afrique du Nord, sa mère a « d'la fierté, parmi ses pleurs » ; mais l'autre mère la tance : cela « n'vous rendra pas votre enfant », tandis que « le mien je l'sais vivant ».

Plus révélatrice encore de la rancœur du monde populaire après les souffrances de la Première Guerre mondiale, une chanson, intitulée « De quoi nous sommes vainqueurs » : « On a gagné, oui, la misère,/Le pain cher,/Le manque de charbon,/Les impôts sur notre salaire,/Le retour de la réaction,/On a gagné, oui, la fortune/De messieurs les gros exploiteurs/De belles paroles à la tribune./Voilà de quoi nous sommes vainqueurs. »

Je pourrais chanter quelques-unes de ces chansons. C'est donc que je les ai souvent entendues. J'en ai trouvé, en revanche, dans le cahier de mon père, une que j'ignorais. Elle avait pour titre : « J'étais pure. » Le quatrième couplet suffit à en donner le ton :

« Celui qui a eu ma chasteté
C'était un Russe qui m'racontait
Tout's ses victoires futures
L'jour où ma vertu y a passé
Moi, sans prendre garde à c'qu'il faisait
J'croyais qu'il prenait Port-Arthur
Tell'ment j'étais pu-u-re. »

Pour que je l'ignore, bien que l'on chantât beaucoup dans le café du coin, ma mère avait sans doute souvent répété : « Attention aux enfants. »

Je me souviens, ma mère disait...

« Le premier, on le brode, le deuxième, on le coud, le troisième on le faufile », disait ma mère, parlant des enfants. Faufiler : « Coudre provisoirement à longs points », explique le dictionnaire. J'étais, on l'aura compris, le troisième. Pas très désiré, mais très aimé, je n'ai jamais eu le sentiment d'avoir été « faufilé », moins bien traité que mes aînés.

Bien sûr, je récoltais toujours les vêtements de mon frère quand ils devenaient trop petits pour lui. Ma mère avait appris la couture sur le tas, quand, à dix ans, elle était bonne ; elle s'y entendait parfaitement et s'en montrait fière. Elle utilisait une machine à coudre Singer : on disait « singère », ignorant la provenance et la prononciation anglaise de cet instrument actionné par un mouvement régulier des pieds sur un plateau de fonte qui entraînait une courroie de cuir. Ma mère fabriquait ainsi la plupart de nos vêtements et les siens, même des robes ou des corsages pour les femmes du voisinage ou du centre-ville, histoire de garnir un peu le porte-monnaie familial. Mon père portait, le plus souvent, l'uniforme : une bonne affaire pour le budget.

Quand elle disait « le troisième, on le faufile », elle savait parfaitement ce qu'elle signifiait, puisqu'elle faufilait beaucoup, avant un premier essayage des robes – circonstances où l'on nous recommandait d'aller jouer dans la rue, ou au grenier s'il pleuvait. Mais, je le répète, je n'eus jamais le sentiment d'avoir été moins bien traité que mes aînés – j'écrirais volontiers : « au contraire » –, même si je n'appréciais pas toujours de porter des culottes un peu lustrées d'avoir longtemps gainé les fesses fraternelles.

Il n'empêche : cette phrase, je l'ai souvent entendue. Bien d'autres aussi, du même type proverbial. Ma mère émaillait en effet ses propos de formules dont j'ai toujours ignoré l'origine, qui me semblent – mais peut-être me trompé-je – n'avoir appartenu qu'à elle, et qui expriment une grande sagesse ou un constat presque désabusé.

La plupart concernaient la vie familiale. Ainsi, « Mariage ménage » : autrement dit, les autres, les beaux-parents au premier chef, ne doivent pas se mêler de la vie d'un couple, quelque envie qu'ils en aient, quelque bonne raison de le faire qu'ils croient avoir. Parce que « chacun fait son lit comme il veut se coucher », il faut respecter la liberté de toute personne, de tout couple, de tout groupe à mener sa vie comme il l'entend, « à s'mode », comme l'on disait et dit encore parfois dans tout le Nord-Pas-de-Calais.

Je ne suis pas certain que ce « chacun fait son lit... » soit une exclusivité maternelle. En revanche, je n'ai jamais entendu ailleurs : « On les a comme on les élève », qui manifeste la responsabilité primordiale des parents dans l'éducation de leur progéniture. Qu'ils ne viennent donc pas se plaindre si leur fils, leur fille, « tourne mal », c'est qu'ils n'ont pas fait tout le nécessaire, avec le doigté indispensable. Reste que les difficultés sont inévitables et ont tendance à s'accumuler : « Petits enfants, petits soucis ; grands enfants, grand soucis », était une autre formule courante. Les fréquentations des aînés, le mariage figuraient au premier rang de ces soucis. Avec ce constat que l'expérience infirme parfois, pas toujours : « Quand on marie sa fille, on gagne un enfant (le gendre qui suit plutôt sa femme), quand on marie son fils, on perd un enfant. »

D'autres sentences maternelles avaient trait à l'argent. Qui demandait : « Quelles nouvelles ? » se voyait répondre : « C'est les riches qui l'l'ont l'plus belle » (pour qui la vie est plus belle), ce qui ne me paraît pas toujours vérifié. En revanche, « L'eau va toujours à la mer » (l'argent gonfle de préférence les portefeuilles et les poches déjà bien remplis), phrase accompagnée d'un petit soupir de résignation, semblait exprimer, non jalousie ou envie, mais la difficulté réelle de s'en tirer, d'être libéré du souci obsédant des fins de mois. « Vivement c'soir qu'on s'couche, et la fin du mois qu'on touche » – cette phrase-là était plutôt de mon père.

En conclure à l'avarice ou à l'obsession serait se tromper. L'argent manquait beaucoup. D'autant que les études et surtout leurs à-côtés coûtaient cher. Et plutôt que dépenser pour des « babioles », comme elle disait, ma mère préférait économiser, garder ses quatre sous pour de véritables fêtes, des achats de qualité, des plaisirs rares. Ainsi, lorsque ma sœur fit sa communion solennelle, commanda-t-elle un fiacre et un cocher – la surprise ! – qui emmenèrent toute la famille en promenade jusqu'au bord de la mer. Celle-ci était belle – elle l'est toujours, avec des camaïeux si divers –, mais, ce jour-là, elle avait choisi de se parer de bleu, d'un bleu profond sur lequel tranchaient les ourlets blancs des vagues, ruisselants de soleil. Nous, les gamins, dotés de chapeaux de paille de forme un peu bretonne, surpris, effarés de tant de bonheur, nous souhaitions le retour perpétuel de tels jours. Les lendemains, bien sûr, furent ordinaires. Mais le souvenir les enlumina.

Une autre dépense somptuaire fut l'achat d'un service de porcelaine de Limoges, une année où mon père était allé participer dans cette ville à un congrès syndical. Blanc et orné de dessins roses, pastoraux, ce service fut traité comme un véritable trésor auquel les gamins n'avaient jamais le droit de toucher. Quand, vers 1941 ou 1942, les bombardements anglais puis américains sur la ville devinrent très fréquents, nos parents décidèrent d'envoyer « le » service, le seul trésor familial, chez nos cousins à la campagne. Nous posâmes ensemble, aussi, chez le photographe, afin que tous les frères, sœurs, beaux-frères, belles-sœurs gardent de nous un souvenir sur beau papier, en cas de mort collective. Ce qui, dans le climat de l'époque, ne m'impressionna guère. À moins que je n'aie pas tout à fait compris le sens de l'opération.

Avant la guerre, mes parents rêvaient aussi – rêve bien français – d'acquérir une petite maison en économisant, à partir de 1936 – le Front populaire, toujours –, et en empruntant. J'appris ainsi, dès mon plus jeune âge, l'existence d'un certain Loucheur, ministre auteur d'une loi qui portait son nom et favorisait quelque peu la construction d'habitations à loyer modéré et de telles acquisitions. Là-dessus, la guerre survint. Sous l'Occupation, les économies s'envolèrent, utilisées pour des achats au marché noir. Ma mère à ce moment se mit à rêver – ou bien nous le disait-elle par plaisanterie, pour entretenir l'espérance ? – de trouver un jour, quelque part dans la ville en ruine, le portefeuille d'un officier allemand bourré de grosses coupures – qu'elle se serait bien gardée de rendre à son propriétaire. « Voler à des voleurs, le Bon Dieu, il en rit », disait cette croyante pour s'excuser. Cette phrase-là non plus, je ne l'ai pas oubliée.

La guerre, enfin

Tant avait-on crié à la guerre qu'enfin elle vint.

Cet « enfin » me fait hésiter puisqu'il peut exprimer le soulagement, la satisfaction au terme d'une longue attente.

Ces sentiments – faut-il l'avouer ? – je les ai pourtant éprouvés. Notre enfance avait été nourrie, gavée de récits des combats de la précédente, celle de 1914, dont on nous cachait souvent les misères, les hontes et les massacres. Nous avions vibré aux exploits des poilus français, dont nous admirions l'héroïsme, sans bien réfléchir au fait qu'il avait fallu quatre ans à ces malheureux, braves certes, résignés souvent, pour venir à bout de leurs adversaires, avec l'aide des Alliés – que l'on nous présentait plutôt comme des auxiliaires dont l'efficacité n'égalait pas la bonne volonté.

Notre armée, assurait-on, était la première du monde. Elle viendrait donc aisément à bout des hordes de cet Hitler moustachu et arrogant. Et nous qui avions tant entendu, tant lu de récits de guerriers, allions accumuler à notre tour des souvenirs qui épateraient nos cadets.

Les enfants aiment les soldats. Les soldats, jeunes, ne détestent pas être suivis, entourés de cette marmaille admirative, de faire l'aumône à l'un ou à l'autre des biscuits durs comme briques fournis par l'intendance.

De soldats et de marins, la ville était pleine. Comme elle l'avait été, l'année précédente, à la veille des accords de Munich [1]. Mais ils étaient rentrés chez eux. Cette fois, on sentait bien qu'ils allaient rester. Le vendredi, les troupes nazies étaient entrées en Pologne. Je ne fus donc pas surpris quand, à la sortie de la grand-

---

1. Durant l'été 1938, le chancelier Adolf Hitler avait revendiqué avec sa coutumière brutalité des territoires tchèques peuplés en partie de populations d'origine allemande, les Sudètes. La France et l'Angleterre, les alliées de la Tchécoslovaquie, après avoir menacé de défendre l'intégrité de son territoire et mobilisé dans ce but, l'abandonnèrent par les accords de Munich, ce qui n'eut pour effet que d'encourager l'Allemagne nazie dans sa politique d'expansion.

messe, le dimanche matin, le jeune frère du coiffeur nous annonça que l'Angleterre avait déclaré la guerre à l'Allemagne et que la France suivrait, c'était une question d'heures. Le ciel avait adopté la couleur grise qui convenait. J'étais, je le répète, plutôt heureux. Je me précipitai pour annoncer la nouvelle à ma mère. Qui me gifla, événement exceptionnel. Elle pleurait.

Mes parents avaient subi, dans la région lilloise, entre 1914 et 1918, quatre années d'occupation allemande. Très rude, car leur village n'était guère éloigné du front. La troupe y cantonnait en permanence, vivait sur l'habitant, avait rassemblé à son profit toutes les terres, confisquait un jour les matelas, le lendemain les machines à coudre, et ainsi de suite. Contrôlait enfin le moindre déplacement. Les villageois, totalement coupés de l'extérieur, astreints pour la plupart à des travaux obligatoircs, avaient souffert d'une faim cruelle. Quelques-uns furent parfois victimes des combats. J'ai toujours été surpris que cette occupation-là, qui a dévasté quelques départements du Nord et de l'Est, soit pratiquement ignorée de la plupart des Français d'aujourd'hui.

À l'époque, en septembre 1939, je savais. Mais je n'imaginais pas un instant qu'une autre occupation fût possible.

Elle commençait bien, d'ailleurs, cette guerre. La veille, nous avions accompagné notre mère qui voulait payer son loyer à notre voisin et propriétaire, le brasseur. Lequel avait expliqué, carte de l'Europe à l'appui, que nous étions trop éloignés des aéroports allemands pour que leurs avions puissent nous atteindre. Il me semblait que c'était contraire aux informations de mon ancien instituteur passionné d'aviation, mais je n'osais objecter. J'avais neuf ans, cet homme était riche à nos yeux, donc un peu savant aussi. Et rassurant dans ce cas.

Le surlendemain, le lendemain de la déclaration de guerre donc, patatras. Un grand fracas de tirs, d'explosions. Des sons tout nouveaux pour nous. Et les sirènes d'alerte, au petit jour. Les escaliers dévalés jusqu'à la cave. Le sentiment d'être plongé déjà dans l'Histoire. Des interrogations sur les compétences de notre propriétaire, bien sûr. Apparemment, mon ancien instituteur était plus avisé.

Le silence revint. Coupé ensuite par les sirènes de fin d'alerte. Tous les voisins se retrouvèrent dans la rue qu'inondait un soleil doré. Un ancien combattant de 14 pérorait, exhibant un éclat d'obus de DCA tombé sur le pavé. Un « schrapnell », disait-il. Et la petite foule répétait, admirative : « Un schrapnell. » Je me mis à chercher entre les pavés, très désireux de faire le malin, moi aussi, l'important, avec un de ces bouts de ferraille acérés. En vain. Plus tard, j'en entrepris la collection, dans une boîte à chaussures, que je finis par perdre, sans grand regret : ils étaient trop nombreux.

Ce matin-là, nous ignorions ce qui s'était passé. À en croire une rumeur, vite propagée, c'était un avion anglais qui, dédaignant de respecter les consignes d'identification du temps de guerre, avait déclenché ce tintamarre et avait été victime de notre DCA. Mais la censure régnait déjà. Le journal local ne fournit guère de précisions.

Les alertes se poursuivirent plusieurs jours à un rythme soutenu, sans qu'apparaisse un seul avion ni que la DCA ait l'occasion de manifester à nouveau ses talents. Nous courions toujours, affolés, vers les caves, blottis parmi les pommes de terre du jardin que mon père venait d'entreposer, avec le charbon acheté pour l'hiver et le petit bois qui servirait à l'allumer.

En fin de compte, nos parents, soucieux et n'accordant plus aucun crédit aux assurances de notre propriétaire-brasseur, nous emmenèrent à la campagne, au beau milieu de la Flandre maritime, dans un coin où le sol atteignait tout juste le niveau de la mer toute proche.

Là, le bonheur. Un nouveau monde. Un peu exotique puisque tous les villageois parlaient le flamand, curé compris quand il prêchait à la messe du dimanche. Un lieu où nous pouvions faire les malins en décrivant presque notre ville comme un enfer guerrier, où les alertes étaient provoquées par des avions aux croix de fer et croix gammées très visibles. Nous mentions avec conviction. Nous étions seulement en avance de quelques semaines, sans le savoir.

Le bonheur fut bientôt doublé, au-delà de toute espérance, par l'arrivée dans cette campagne d'un bataillon d'infanterie qui revenait déjà du front, ou de ce qui y ressemblait. Ces jeunes soldats faisaient les malins, eux aussi. Ils avaient participé en Sarre à une petite parodie d'offensive montée par l'état-major français, afin de démontrer que nous ne restions pas immobiles tandis que, de l'autre côté, l'ennemi envahissait la Pologne. Leur régiment ne semblait pas avoir trop souffert de cette promenade militaire de quelques kilomètres à l'intérieur de l'Allemagne. Ces militaires avaient raflé dans les bistrots du coin – nous avons appris à cette occasion le mot *gasthaus* – des sous-bocks de carton, des prospectus et des cartes postales qu'ils distribuaient généreusement (j'en ai gardé). Décidément, la guerre était fraîche et joyeuse.

Le journal local avait publié une carte de la Sarre et nous apprenions les noms des patelins frontaliers dont quelques-uns – surprise – portaient des noms français : Deux-Ponts ou, moins évident, Pirmasens. Nous ne voulûmes pas savoir – la radio et le journal en parlaient à peine et nous n'avions pas appris encore à détecter les mensonges des communiqués officiels – qu'après la pseudo-offensive de nos valeureux guerriers au repos, les troupes françaises avaient soigneusement fait retraite. Bien sûr, la Pologne était maintenant tout à fait envahie, partagée entre la Russie communiste et l'Allemagne nazie. Mais quoi ? Ces malheureux Polonais faisaient la guerre à cheval, avec des lances, comme au Moyen Âge, ou presque. Tandis que nous possédions des tanks modernes, qui avaient défilé le 14 Juillet sur les

Champs-Élysées. Les journaux les avaient bien montrés. Nous avions même des canons antichars : nos guerriers au repos en traînaient un parfois dans les rues du village. Un matin, ils firent l'exercice avec lui dans un champ d'où l'on venait d'arracher des haricots blancs. Ils s'amusaient beaucoup à viser les fesses d'un adjudant qui allait et venait sur la route, nous autorisèrent même à mettre l'œil dans le viseur où se dessinait un triangle. On jouait les grands. La guerre, c'était encore mieux que prévu.

J'avais découvert, chez le vieux couple qui nous hébergeait, une histoire de la précédente, un grand album en bandes dessinées publié par la Bonne Presse. Formidable : nous remportions victoire sur victoire, nos soldats héroïques et généreux n'étaient battus, quand ils l'étaient, que par ruse, par des pièges tendus par ces barbares d'Allemands plus tricheurs que courageux. J'ai pourtant encore à l'esprit l'image d'une troupe retraitant sous la pluie. Il y était question, pour une fois, du général Nivelle[1]. Mais l'affaire était réglée en moins

1. Général en chef des armées françaises en 1917, il avait mené la même année une grande et désastreuse offensive avant d'être remplacé par Pétain.

d'une page. Assez pour que j'en aie gardé le souvenir. Peut-être parce que la photo de ce commandant en chef n'apparaissait pas, avec les autres, Joffre, Foch et la suite, parmi des lauriers qui formaient médaillons en fin de volume.

L'essentiel était la victoire finale, le défilé sur les Champs-Élysées et les chansons que diffusaient les radios : « Nous avons gagné la guerre, / On peut dire qu'on les a eus... »

Nous gagnerions celle-ci comme la précédente. D'ailleurs, le curé du lieu – quand il parlait français – répétait que, grâce à Dieu, les bons triomphaient toujours des méchants.

Les bons, c'était nous.

Seul problème : le 1er octobre approchait, jour de la rentrée des classes. Il fallut quitter cette campagne rousse de soleil.

La guerre morose

L'autobus nous déposa sous une pluie battante. La ville avait changé. Des tranchées-abris étaient aménagées sur deux ou trois places. Des entassements de sacs de sable protégeaient quelques monuments. Et la classe reprenait le lendemain. Rien de réjouissant.

À l'école, les petits copains nous apprirent qu'en notre absence, tandis que nous faisions les malins à la campagne derrière le viseur d'un canon antichar, on leur avait distribué des masques à gaz. La plupart les portaient en bandoulière, dans de longues boîtes cylindriques. Et nous, alors ? Pas de chance : il n'en restait plus. Les stocks étaient épuisés. De nouvelles distributions étaient prévues plus tard. Il n'y eut jamais de plus tard.

Nous avons d'abord craint d'être démunis, exposés sans moyen de défense aux armes les plus sournoises. Mais nous avons vite oublié. Les autres aussi, qui se lassèrent vite de porter cet instrument encombrant. Un voisin, ancien combattant, se chargea de nous rassurer : en cas d'attaque par les gaz, il suffisait de pisser dans un mouchoir et de s'en bâillonner comme les cow-boys. D'ailleurs, nous étions les plus forts, et les mieux défendus. De telles attaques semblaient peu probables.

Nous aurions pu, pourtant, être attentifs à quelques signes.

J'étais entré en « première », la classe du « certif ». On nous fit apprendre bien vite – sans doute pour célébrer de futures hécatombes – un chant, « L'Hymne aux morts », de Victor Hugo.

« Ceux qui pieusement sont morts pour la patrie
Ont droit qu'à leur cercueil la foule vienne et prie,
Toute gloire près d'eux passe et tombe éphémère
Et comme ferait une mère
La voix d'un peuple entier (*bis*)
Les berce en leurs tombeaux ».

On nous fit ensuite participer à une opération de récupération de métaux destinés à la fabrication d'armes et de munitions. Une émission de radio, très populaire, la relançait chaque soir avec une chansonnette de circonstance : « Récupé, récupérons, récupérez. » Les écoles y furent associées. Cette fois, il ne s'agissait plus de vendre des « timbres antituberculeux », comme nous disions, mais de ramener en classe du métal, du cuivre de préférence. Nos voisins avaient disposé, de longue date, sur leur cheminée, des douilles d'obus datant de la guerre précédente. On en trouvait alors dans bien des foyers populaires. Chaque semaine astiquées, brillantes à ne pas croire, elles servaient de vases ; tous les poilus n'étaient pas rentrés de guerre les mains vides. J'allai donc quémander ces douilles. Il fallut beaucoup insister. J'eus gain de cause ; je devais être persuasif ; à moins que la conscience du devoir patriotique ne l'ait emporté chez ce couple. Alors, surprise : le mari s'empara d'un marteau et entreprit de cabosser soigneusement les si belles douilles. J'étais ahuri, désolé, je faillis pleurer. On m'expliqua qu'il s'agissait seulement d'éviter que quelqu'un, les trouvant à son goût, s'en empare.

Je compris que j'avais beaucoup à apprendre. Il existait donc des Français capables de s'emparer de métaux nécessaires à la défense nationale ! Mais aussi, la France était-elle si démunie qu'il fallait récupérer tous ces métaux ?

Par bonheur, *Match* nous réconfortait. Dès notre retour à la ville, nos parents avaient décidé d'acheter régulièrement le grand hebdomadaire illustré. Le premier numéro entré chez nous n'avait pas une allure très martiale. La couverture présentait une danseuse de l'Opéra, assez largement décolletée, ficelant un colis pour son filleul, un soldat. C'était une « marraine de guerre ». La grande mode : « adopter » un militaire presque inconnu, démuni de préférence. Toutes les filles du quartier en avaient ou en rêvaient. Elles se refilaient des noms et des adresses, car il y avait pénurie de filleuls, semblait-il. Comme si le pays pouvait aligner plus de marraines potentielles que de soldats. Ma sœur en découvrit un assez vite par l'entremise d'un cousin, le perdit de vue aussi vite : celui-là n'écrivait guère, accusait à peine réception des colis.

Match racontait des idylles de guerre, déjà, montrait des soldats creusant des tranchées et, après quelques semaines, dénicha même un hôpital où l'on soignait des grands blessés. C'était donc que l'on se battait quelque part...

Un petit combat aérien fit grand bruit et l'objet de croquis explicatifs dans le journal qui le baptisa « 9 contre 27 ». Neuf avions français s'étaient heurtés, avec succès, quelque part dans l'Est, à vingt-sept appareils allemands. Ils en avaient abattu une petite poignée et contraint les autres à regagner leurs aéroports outre-Rhin. On chanta la gloire des valeureux pilotes de chez nous, sans trop prendre garde à leur infériorité numérique, significative.

Le journal, il est vrai, publiait des photos d'appareils américains aux lignes élégantes – qui ne me surprenaient guère, mon ancien instituteur nous les ayant montrés et décrits bien avant – dont la production serait accélérée afin, précisait-on, d'équiper sérieusement notre armée de l'air en 1941 et 1942. Ma mère, alors, s'inquiétait, stupéfaite : « 41 ? 42 ? Mais la guerre sera terminée. » Mon père gardait le silence, nourrissant sans doute moins d'illusions. Son statut d'agent de police lui avait valu de ne pas être mobilisé, provisoirement. Il ne le serait jamais. Mais il pouvait observer, en ville et au port, l'état de nos troupes.

Nous ignorions le terme « drôle de guerre », qui qualifia ensuite cette période. Les surprises, pourtant, se succédaient.

Un samedi, au début de l'après-midi, un avion allemand survola la ville à basse altitude. La DCA fit ce qu'elle pouvait, peu, apparemment – tapage excepté. L'affaire se reproduisit. On pouvait presque apercevoir les pilotes. Ma mère, alors, s'insurgeait et s'inquiétait : « Mais enfin, un homme avec un fusil de chasse pourrait les atteindre ! » Voire...

Un autre après-midi, une sourde explosion secoua la ville et fit trembler les vitres de notre classe. Nous apprîmes bientôt qu'un cargo, le *Formose*, avait sauté, non loin de nos plages, sur une mine maritime allemande. *Match*, qui faisait grand cas du blocus auquel, en compagnie des Anglais, nous soumettions les Allemands, expliquait que nous mettions à la mer nous aussi de telles boules flottantes bourrées d'explosifs. Et puis, il n'était surtout bruit à ce moment que de la mésaventure du superbe cuirassé allemand *Admiral Graf von Spee*, qui, croisant dans l'Atlantique en quête de mauvais coups, avait été pris en chasse par trois navires anglais. J'ai retenu le nom de deux d'entre eux, l'*Ajax* et l'*Exeter*, c'est dire que l'affaire fit grand bruit ; il est vrai que nous n'avions guère d'occasions d'entretenir notre ferveur patriotique. Bref, le beau cuirassé avait été contraint de se saborder, après avoir tenté de trouver refuge à Montevideo (Uruguay).

Nos parents punaisèrent alors, face à la cheminée, une grande carte du monde : à défaut de former la jeunesse, cette guerre nous apprit la géographie. Bien plus tard, quand les troupes de Hitler eurent conquis la quasi-totalité de l'Europe et même un bout d'Afrique du Nord, nous cherchions arguments et consolations en observant les immensités des Amériques, de Chine, de l'Inde, de l'Australie. Il ne pourrait pas gagner.

Au long de cet hiver 1940, si rigoureux que, nez coulant comme des fontaines, nous faisions de longues glissades sur la glace des caniveaux, que rayaient les clous de nos gros souliers, nous avions eu d'autres raisons de nous réconforter. Deux fausses alertes, provoquées par des informations erronées, avaient lancé nos troupes vers la Belgique, toute proche, que l'on croyait menacée. Nous avions vu se succéder alors, au bout de notre rue, des convois d'antiques autobus parisiens, camouflés à la va-vite, mêlés à des camions d'épiciers réquisitionnés, à des voitures à chevaux enfin. Tout cela bourré de soldats. Un défilé qui faisait pacotille et bricolage. Mais c'était du spectacle.

Il nous fallait bien de tels mouvements de troupes pour entretenir un moral plus variable que la température. Car venaient parfois casser la croûte à la maison des hommes de la région lilloise, du village de mes parents, mobilisés dans les régiments de la ville. Fringués à la diable – rien d'uniforme dans leurs uniformes –, racontant qu'ils disposaient d'un fusil pour deux, ou pour trois, que leurs officiers s'en fichaient et ne rêvaient que de filer faire la fête à Lille, voire à Paris, ils étaient persuadés que nous serions battus. « À plate de couture », disaient-ils. Ma mère ne voulait pas les croire et finit par ne plus inviter les plus pessimistes.. Mon père hochait la tête. Nous, les enfants, penchions plutôt du côté maternel.

Nous avions tort, chacun le sait. Ces oiseaux de mauvais augure voyaient clair. Du moins pour l'immédiat.

Les mouettes d'alerte

La présence des mouettes au ras des toits ce matin-là aurait dû nous surprendre, exciter davantage notre curiosité. D'ordinaire, elles ne se montraient dans notre quartier que par les grands froids, comme l'hiver précédent où nous faisions de longues parties de glissades sur les eaux gelées des ruisseaux en regardant passer les vieux bus camouflés. Alors, elles ne daignaient pas descendre jusqu'à nous. Elles planaient très haut, se laissant porter par le vent ou bousculer par lui, ne se décidant à plonger vers les habitations ou les canaux que si elles y découvraient quelque déchets importants.

Tandis qu'en ce joli matin de mai 1940 – le 10 –, elles volaient, un peu folles, entre les maisons, comme ces martinets aux longues ailes qui rasent le sol sans jamais s'y poser lorsque menace l'orage.

Elles étaient peu nombreuses, en vérité. Assez cependant pour ajouter au sentiment de l'insolite qui nous avait tous saisis.

Les sirènes pouvaient bien hurler, nous avions depuis des mois perdu l'habitude de dégringoler vers la cave. Quel instinct, ce matin-là, nous avait commandé de le faire ? La violence inhabituelle de la DCA peut-être. Et pourquoi ne sommes-nous pas restés terrés ? Par inconscience, parce que l'aube était si belle, pour jouir du spectacle ?

Les armées allemandes commençaient d'envahir la Belgique et la Hollande, dépassaient le Luxembourg, mais nous n'en savions rien. Leurs avions traversaient notre ciel, si bleu, si rose, neuf comme une fleur tout juste éclose, à peine taché de noir quand éclataient les obus qui les cherchaient. Mais ils semblaient trop lointains, intouchables, impassibles, ne s'écartaient pas de leur route. Ils lancèrent des chapelets de bombes assez loin vers le port. Ce qui expliquait sans doute le surgissement des mouettes, chassées de leurs habituels repaires. À moins qu'elles ne soient venues d'autres cieux, plus au nord, fuyant de plus durs combats.

Nous n'avons pas compris d'abord les

sourds grondements des bombes. Nous ignorions ce bruit-là qui allait devenir tellement familier, si l'on peut oser cet adjectif. D'ailleurs, ce n'était qu'une petite, presque insignifiante, entrée en matière. Comme l'annonce, encore timide, d'un orage lointain.

Toutes les courées et les maisons de la rue avaient lâché leurs habitants, groupés au long des murs, par crainte des éclats, nez en l'air, échafaudant hypothèses et suppositions. Jusqu'à la minute où un vieux retraité, qui avait eu l'idée simple de remonter chez lui écouter la radio belge – la française taisait encore l'événement –, propagea l'information de seuil en seuil, de groupe en groupe. Cet ancien combattant, volontiers disert, remarqua qu'une fois encore Hitler prenait l'initiative : le mois précédent, ses troupes étaient entrées en Norvège et au Danemark. Il s'agitait, ce vieil homme, ronchonnait, en français et en flamand, s'arrêta enfin parce que les autres s'écartaient de lui comme d'un oiseau de malheur, et, en quête de réconfort, saupoudra le dos de sa main d'un peu de tabac à priser qu'il renifla avec soin.

Je lui en voulais d'avoir raison.

Je gardais confiance, cependant. Je me disais

que, cette fois, Hitler avait péché par imprudence. Que le piège était tendu où il allait se jeter comme un fou. Puisqu'il était fou, c'était entendu. Les journaux, ces derniers mois, n'étaient guère avares d'anecdotes qui le démontraient. L'année précédente, lors d'un défilé de la mi-carême qui passait par notre rue, un char l'avait même représenté, rugissant et agité, dans une cage aux fortes grilles. Et puis tous ces adultes, les ministres, les généraux et les autres savaient bien qu'il pouvait passer par la Belgique. Ils l'avaient donc prévu. Les mêmes journaux avaient expliqué, tout l'hiver, photos de tranchées et de casemates à l'appui, que nos armées s'affairaient à étendre la ligne Maginot jusqu'à la mer.

Cette journée-là fut presque calme. Les suivantes aussi. Mais non les nuits. Nous passions de longues heures dans notre cave, aux voûtes de briques rassurantes, qui accordait désormais plus d'espace : les provisions amassées pour l'hiver avaient rempli leur office, donc presque disparu. Il devenait possible d'installer des sièges, et même une chaise de plage pliante pour ma mère, opérée peu avant de l'appendicite – une affaire qui ne se réglait pas aisément, alors – et dont la convalescence s'étirait.

En classe, fatigués et distraits, nous n'en fichions pas lourd. Les maîtresses et les maîtres ne nous le reprochaient guère, qui payaient comme nous le prix des vacarmes nocturnes. La leçon de chant nous occupa beaucoup : il s'agissait bien sûr de réapprendre « L'Hymne aux morts » de Victor Hugo, auquel, pour faire bonne mesure, on ajouta « Le Chant du départ » et, si j'ai bonne mémoire... « La Madelon ».

Au bout de la rue avait repris le long défilé des autobus parisiens qui semblaient, sous le soleil de mai, plus antiques encore.

C'était comme si tout recommençait. Mais autrement. Car apparut bientôt un autre défilé. En sens inverse. Les réfugiés belges. Passèrent d'abord de belles voitures, chargées de solides valises, qui surprirent peu les gens de la rue : il était entendu une fois pour toutes, depuis les histoires d'embusqués de la guerre de 14, que les « riches » (on ne disait jamais les bourgeois), guère courageux, mais mieux informés et « ayant les moyens », se débrouillaient toujours pour échapper aux misères du temps.

L'inquiétude s'accrut quand apparurent des familles à vélo. Sans hommes le plus souvent.

De vigoureuses paysannes aux joues rondes et rouges encadraient des escouades de gamins et de gamines déjà épuisés d'avoir beaucoup pédalé. Tout ce monde perché sur de très hautes bicyclettes, chargées de sacs et de valises, tous ces gens vêtus comme pour l'hiver, les mères et les grands-mères ayant remonté les pans de leurs manteaux avec des épingles à linge pour éviter qu'ils ne s'accrochent à la chaîne ou ne se mêlent aux rayons.

Vinrent enfin de grands chariots, de ceux qui servaient à rentrer paille et grain, moisson faite, tirés par de robustes chevaux que nous appelions boulonnais, région oblige. Et là, des amas de malles, de meubles, de mères et de marmaille.

Nombre de ces réfugiés portaient des couvertures rouges, sans doute distribuées chez eux par quelque organisme charitable, mais dont la rue, le quartier décidèrent qu'elles étaient le signe de ralliement des espions. Et gare à qui osait insinuer que ceux-ci avaient, au contraire, plutôt le souci de se dissimuler ! Quand se répand l'écœurante odeur de la défaite, se multiplient les cris de trahison et se dressent partout les inquiétantes silhouettes des espions.

L'état de religieuse, alors, n'était pas recommandé. Une obsédante rumeur, parmi bien d'autres, voulait que des avions allemands aient largué des parachutistes déguisés en bonnes sœurs. Je me suis parfois demandé depuis s'il n'était pas arrivé à de véritables religieuses rendues suspectes par leur grande taille ou une démarche un peu virile de se faire trousser par des gaillards apeurés et avinés.

Les histoires de stylos explosifs ou de bonbons empoisonnés lâchés par les avions ennemis se multiplièrent. Un dimanche, rentrant de la messe – l'église n'était plus très fréquentée, les nuits d'alerte fournissaient un bon prétexte –, je me heurtai même à un petit attroupement, sur le pavé, au milieu de la rue. Ils étaient bien une vingtaine d'adultes à observer le sol, dans un silence quasi religieux. Je me faufilai, parvins au premier rang. L'objet de leur curiosité, de leur inquiétude sans doute, était une grosse confiserie, un caramel peut-être, ou une boule de chocolat, bien empaqueté dans un papier d'argent. Je ne m'attardai pas : ma mère, ces jours-là plus que d'ordinaire, aimait savoir, à la minute près, où se trouvaient ses enfants. J'ignore donc la fin de l'histoire. Je ne sais si quelque palais courageux bénéficia des saveurs de cette confiserie ou si elle fut poussée, avec multiples précautions, vers un égout.

À la maison, ma mère écoutait un bulletin d'informations. Rien de surprenant : le gros poste de radio, que nous appelions le Marconi comme on disait le Kodak, était, ces jours-là, allumé en permanence. Nous avions ainsi commencé d'apprendre la géographie de la Belgique, notamment l'existence d'un canal Albert, comparé, par les vieux généraux de réserve qui se répandaient en commentaires dans les journaux, à un fossé antichar infranchissable. Ils évoquaient aussi Verdun et Douaumont à propos d'un fort proche de Liège. La radio de Bruxelles, pendant deux ou trois jours je crois, adressa à ses défenseurs des messages de félicitations ou d'encouragement. C'est donc qu'il était cerné. Mais quoi ? Il tenait toujours. Ma mère se passionnait pour ce fort, devenu symbole d'une résistance presque victorieuse. Nous tenions enfin notre épopée. Sans prendre garde à la percée, dans les Ardennes, des blindés allemands de Guderian [1] qui allaient nous encercler.

1. Ce général, créateur de l'armée blindée allemande, traversa alors le nord du pays en un éclair, à

Nous ne voyions presque plus mon père, absorbé par son travail dans une ville grouillante de réfugiés et de militaires. Il trouvait tout juste le temps de nous dire où étaient tombées les bombes de chaque nuit : toujours assez peu nombreuses, et loin vers le port. Le soir, devant les portes des maisons et les bistrots, la nuit dans les caves, la rue s'interrogeait : et nos avions à nous ? Aux premiers jours de l'offensive allemande, nous avions vu passer, à basse altitude, une escadrille partie d'un aéroport tout proche et qui montait vers le nord-est, la Belgique, la Hollande. Nous avions compté les appareils et n'en vîmes repasser que trois ou quatre. On pouvait toujours imaginer que les autres avaient pris une autre direction.

Mon père, qui circulait beaucoup, toujours sur son vélo grinçant, évoquait les départs, en voiture, de familles de notables du centre-ville, la petite foule qui se pressait vers la gare. Il

---

la tête de ses troupes, depuis les Ardennes jusqu'à Abbeville. Cette brillante offensive encerclait en Belgique et dans le Nord-Pas-de-Calais le corps expéditionnaire britannique et la plupart des meilleures divisions françaises.

était prévu et annoncé de longue date que les Dunkerquois, en cas de besoin, devaient se réfugier en Côte-d'Or. Je ne sais dans quel cerveau était née cette idée de marier bière et vin, mais peu l'avaient prise au sérieux. Personne, encore, ne s'affolait. Peut-être parce que nous ignorions presque tout des progrès de l'adversaire.

Jusqu'au samedi 18. Une de ces journées accablantes de moiteur chaude, le ciel transparent devenu laiteux, que s'offre parfois le joli mois de mai. Des heures où l'on attend l'orage comme un libérateur. L'inquiétude, qui gagnait, provoquait des algarades entre voisins, des éclats de voix pour des bricoles.

L'orage éclata, mais ne vint pas des éléments déchaînés.

Premier coup de tonnerre : en classe, peu avant midi, on nous annonça que l'école fermait – provisoirement. Je ne sais plus qui l'emporta, du bonheur ou de la stupéfaction.

Deuxième coup : après le repas, un lourd camion vint se garer dans la rue, près de la brasserie, chargé de soldats comme nous n'en avions jamais vu. De lourds uniformes verdâtres et des casques qui ressemblaient à ceux des Allemands, que *Match* nous avait souvent montrés. Toute la rue fut bientôt aux fenêtres. Et nous, les gamins toujours prêts à courir parmi les soldats, nous restions cette fois à l'écart. Des Allemands ? Ce n'était quand même pas possible. Mais alors ?

Nous avons fini par apprendre que ces hommes – une quarantaine –, presque figés au garde-à-vous sous le soleil plombant dans leur camion à ridelles, étaient hollandais. En retraite ? Sans doute. Seuls ou précédant une longue troupe ? Vaine et troublante question. Le camion est reparti comme il était venu. Une commère constata que ces soldats n'avaient même pas quitté leur camion pour pisser contre le mur de la brasserie. Cela fit rire ma bande de gamins. Pourtant, nous n'étions guère joyeux. Je me demande encore aujourd'hui si je n'ai pas rêvé, si ce camion fantôme a bien stationné le long de ce mur blanc. Mais ces casques luisants, astiqués comme pour la parade, je les revois toujours.

Le troisième coup de tonnerre éclata le soir. Les sirènes d'alerte hurlèrent vers onze heures. C'était, depuis quelques jours, la routine. Nous avons retrouvé les voisins dans la cave.

Le vacarme, cette fois, dépassa les normes. Il pleuvait des bombes, très près, qui faisaient tanguer le sol. Les canons de la DCA s'épuisaient à riposter, rageurs, et l'on entendait les éclats de leurs obus retomber sur le soupirail. Nous avons appris la peur, celle qui paralyse, n'autorise qu'une seule pensée, la mort.

Ma mère avait quitté sa chaise longue, nous protégeant, mon frère et moi, de ses deux bras, comme une poule ses poussins. Nous étions tous courbés. À chaque mouvement du sol, des poussières, des grains de ciment tombaient des voûtes. Le silence, par instants, revenait. On se redressait, on attendait, on espérait. Tirs et explosions reprenaient. Presque jusqu'au matin qui nous trouva hébétés, ahuris.

Le quartier n'était pas trop atteint. Mais des vitres étaient brisées. Les nôtres allaient l'être à peu près vingt fois en quatre ans. D'ailleurs, elles furent bientôt remplacées par du contreplaqué ou des toiles de plastique verdâtres que les autorités, guère approvisionnées en verre, fournissaient avec moins de parcimonie.

Ce matin-là, nos parents décidèrent qu'il nous faudrait chercher refuge plus loin. Aller au moins passer les nuits à la campagne. Mais où ? Dans le petit village où nous avions fait les malins en septembre derrière le viseur d'un canon antichar, d'autres nous avaient précédés. Pas de place. Un peu plus près, l'épouse d'un mobilisé, amie d'amis, acceptait de nous héberger avec eux dans une petite maison au bord d'un canal. Encore fallait-il s'y rendre. Notre mère, encore convalescente, ne pouvait pas marcher longtemps. Le concierge de la brasserie, qui cessait son activité, accepta sans difficulté de nous prêter une lourde charrette à bras. La récente opérée en fit, elle, pour admettre de s'y allonger et de se laisser pousser par nous, les enfants, demandant parfois d'en sortir pour marcher à nos côtés. Elle pleura presque lorsque, longeant la voie ferrée qui venait de Belgique, nous croisâmes un train sanitaire surchargé de soldats blessés. Les moins atteints, têtes ou bras empaquetés dans de blancs pansements parfois tachés de rouge, étaient assis sur les marches des wagons. Ils ne répondaient pas, ne nous voyaient pas. Ils étaient ailleurs.

Un matin, quelques jours plus tard, alors que nous regagnions la ville, des vagues d'avions nous ont survolés ; brillants dans le soleil, pas très haut. Bientôt, ils ont lâché leurs chapelets de bombes. Les jours, désormais, seraient comme les nuits.

Nous avons rebroussé chemin vers la petite maison au bord du canal. Les avions sont repassés, besogne terminée. Puis, le silence, seulement troublé par des pépiements d'oiseaux. Et enfin, un grondement lointain, sourd, un nouveau bruit encore. « Le canon », disait ma mère, qui l'avait beaucoup entendu un quart de siècle plus tôt.

Il y eut des jours où...

Vint le jour où la ville brûla. Les avions venus de l'Est nous survolaient par vagues. Sortis de la petite maison au bord du canal, nous observions les hautes torsades noires des incendies. La DCA, au-dessus du port, s'était mise de la partie et mêlait ses bruits de roquets aux explosions des bombes.

Des soldats isolés passaient parmi nous, sans armes. Ils s'arrêtaient parfois pour boire un coup, ou raconter, comme pour s'excuser d'être là, d'horribles combats, des histoires de traîtres qui leur avaient tiré dans le dos. L'un, le verbe haut, la mine altière, disait à ma mère : « Madame, si j'avais devant moi un serpent et un enfant allemand, je laisserais aller le serpent, j'écraserais la tête de l'enfant. » Et il tapait du talon. Il semblait très en forme. Il partit vers la ville. Vers le port plutôt, j'imagine. Un glorieux fuyard.

Flammes, fumées, fureur des canons et des bombes, ne cessaient pas.

Le soir, nous attendîmes longtemps, au bord de la route, le retour de mon père. Il arriva enfin, sur son vieux vélo. Il puait le feu, la poudre, la poussière, son uniforme noir gris de cendres. Il nous embrassa comme on empoigne, silencieux, épuisé. Raconta enfin. Les bombes incendiaires, en averse, qui se mêlaient aux explosives. Les toitures qui s'effondraient. Les murs qui s'écroulaient. Les pillards qui, au moindre répit, se précipitaient vers les magasins aux vitrines béantes. Les trous dans les chaussées. Et puis, cette image qui le hantait, qui coupait sans cesse son récit : celle d'une lourde balance de fonte appartenant à un marchand de fruits et légumes qui lui était passée devant le nez, volant à l'autre bout de la place.

Je sursaute chaque année quand je vois cette date sur mon agenda. Le 27 mai. « Mai fait ou défait », disait un adage de paysans que répétait parfois ma mère. Cette année-là, il défaisait. Et comment !

Il y eut cet autre jour, le lendemain, où une anonyme autorité nous conseilla par voie d'affiche de partir vers la Belgique, comme je l'ai dit dans les premières pages de ce livre. Nous avons obtempéré.

Ma mère marchait désormais, n'acceptait plus de se laisser pousser. Nous suivions des groupes de familles. Nous foulions aux pieds des cartes et des papiers d'état-major marqués « Secret ». Nous avons dépassé des stocks d'obus, d'artillerie lourde, soigneusement entreposés au bord de la route, et donc appris qu'à la guerre ordre et désordre se conjuguent. Quelques avions, parfois, venaient nous mitrailler. Nous nous sommes ainsi étalés près de fins réseaux de barbelés : c'était la ligne Maginot étendue jusqu'à la mer dont on nous avait tant parlé. Nous aperçûmes même quelques casemates, minuscules. Et nous avons débouché dans la rue principale d'un village-frontière.

Là, nous faisant face, avançant vers nous comme une épaisse manifestation sans banderoles ni slogans, une marée humaine. Des soldats de toutes armes qui refluaient vers la ville. Un avion est apparu, qui a commencé de mitrailler. Civils et soldats ont cherché, vite, l'abri des maisons. Nous nous sommes retrouvés dans un couloir avec un galonné très élégant qui tenait à la main une boîte de beurre en conserve et nous l'a donnée. Je ne soupçonnais pas que l'on puisse mettre le beurre dans des boîtes de conserve métalliques, comme les petits pois. Cela m'a surpris autant que le reste.

Il y eut ces deux autres jours où nous sommes restés dans ce village et où a surgi, au petit matin, dans une prairie, devant la maison dont nous avions occupé le grenier, une unité anglaise. De DCA, je suppose, car ces soldats disposaient d'immenses projecteurs qu'ils ont commencé de détruire. Ils montaient sur leurs camions pour en briser verres et lampes à grands coups de hache.

Détruire était leur consigne. Ne rien laisser aux Allemands qui leur succéderaient. L'un des camions est même allé, bizarrement, se coller contre une maison avant que son conducteur l'asperge d'essence pour l'incendier ; la maison a brûlé avec le véhicule.

Ces Anglais, très jeunes, semblaient très détendus. Ils nous donnèrent une caisse de « corned-beef » que ma mère s'empressa d'emporter ; elle gardait un souvenir aigu de la faim subie lors de la précédente occupation et ne doutait plus que le même sort nous attendait. Quand elle eut le dos tourné, les soldats nous refilèrent aussi des cartouches de cigarettes, des « Senior service », en paquets blancs barrés de bleu que je n'ai pu oublier : c'est ainsi que j'ai commencé à fumer.

Plutôt joyeux, ces soldats avaient beaucoup pillé en chemin. Leurs camions : des cavernes d'Ali Baba où s'entassaient meubles, postes de radio, vêtements, boissons et même une machine à écrire portable qu'ils nous ont laissée. Arrivés là, près de la mer où ils allaient tenter leur chance, ils devaient abandonner leur butin, donnaient beaucoup. Tout. L'un d'eux, hissé sur son camion, s'était mis à lancer des disques, des 78 tours noirs comme on les faisait alors, que l'un de ses camarades tentait, par jeu, d'enfiler sur sa baïonnette. En vain. Mon frère et moi nous sommes précipités. Pas de casse. Pas de gâchis. À nous les disques. D'autant qu'il y avait aussi, dans le camion, un de ces petits phonos portatifs dont on tend le ressort au moyen d'une manivelle. Les soldats ne se sont pas fait prier. Nous avons emporté ce petit trésor vers la maison et voulu écouter aussitôt les disques. L'un d'entre eux s'intitulait « Le grenadier des Flandres ». Ce qui nous a séduits, bien sûr : les Flandres, c'était nous !

Je ne suis pas près d'oublier le début du refrain : « Dis-moi, beau grenadier / À quoi te sert ce membre ? »

Je n'y comprenais rien. Je me demandais de quel membre il s'agissait. Bras ? Jambe ? Je ne me suis pas interrogé longtemps. Notre mère, qui passait par là, m'a donné une gifle – la deuxième depuis le début de la guerre – et emporté les disques. Ils appartenaient à une collection, « Esculape », de chansons de salles de garde.

Nous n'avions encore rien vu. Tandis que les soldats faisaient de leurs fusils, au milieu de la prairie, un étrange feu de bois, un officier est venu vers nous. Peut-être avait-il remarqué que mon frère, qui terminait sa sixième, baragouinait un peu d'anglais. Il nous emmena, du geste et de la voix, vers un appentis où il avait garé sa voiture. Une superbe limousine blanche aux chromes rutilants, une Bentley ou une Jaguar, peut-être même une Rolls, je ne sais pas, je n'y connaissais rien, mais étincelante, majestueuse, cela, oui. Nous avons fini par comprendre. Voilà. Cette voiture était à nous ou à quiconque en voudrait. Il agitait les clés devant notre nez. Nous avions douze et dix ans. J'étais près d'écrire : « Et nous étions abasourdis. » Même pas. Plus rien n'avait désormais de sens. Nous sommes allés rendre compte de l'offre à notre mère – qui n'a pas semblé tellement surprise, puisque, encore une fois, plus rien n'avait de sens. Elle a réfléchi, ou fait mine de. Et puis, non. Personne, autour de nous, ne savait conduire. Quelle serait l'attitude des Allemands s'ils nous trouvaient en possession de ce véhicule ? Elle n'alla même pas l'admirer. Ma sœur non plus. Je ne sais pas ce que cette voiture est devenue. Nous avons seulement vu, un peu plus tard, toute cette troupe partir à pied, en file indienne, dans un sentier bordé de prairies. Des boîtes de lait concentré sortaient des poches des capotes. Les fusils, dans l'herbe, achevaient de brûler. Les camions, lancés l'un contre l'autre avant le départ, dressaient parfois très haut des nez cabossés.

Les avions ne s'étaient pas montrés. Le ciel était bas. Du côté de la ville venait toujours le vacarme. Le canon tonnait un peu plus loin. Nous n'y avions pas, en cette folle matinée, pris garde.

Il y eut aussi les jours de cave. Nous avions regagné la petite maison au bord du canal. Trouvé devant elle, dans un trou creusé à la hâte, un officier et deux ou trois hommes qui faisaient office de poste avancé d'artillerie. Ils disposaient d'un téléphone de campagne et nous fumes stupéfaits d'entendre ce lieutenant commander de tirer sur le village de Warhem, sans plus de précision. Warhem, mais c'était le village où, en septembre, nous avions fait les malins derrière un canon antichar !

À une poignée de kilomètres. Les Allemands s'y trouvaient donc ? Nous avons remarqué par la suite seulement que cet officier valeureux – puisqu'il se battait encore – faisait tirer, à l'aveugle, sur un village français.

La riposte n'a pas tardé. Une volée d'obus de 77 à laquelle se sont mêlés, bien vite, des tirs de mitrailleuses. Les 75, installés derrière le village, répliquaient. Nous nous sommes précipités au sous-sol. Le vacarme, à nouveau. Et le silence entre nous. Je profitai d'un petit répit pour obtenir la permission de remonter jusqu'aux toilettes. J'étais dans l'escalier quand une explosion assourdissante, proche, fit basculer la maison, qui résista, se redressa. Aussi pressants fussent-ils, j'oubliai envies et besoins, redescendis bien vite. Les adultes se concertaient. Ce sous-sol, sous-plancher à vrai dire, n'offrait aucune protection véritable.

Il existait près de l'église, à quelque deux cents mètres du canal, une brasserie dont la cave avait bonne réputation. Solide, sous un grand bâtiment chargé d'orge et de houblon. Il fallait s'y précipiter. Pas en groupe puisque cela tirait et tonnait dans tous les coins. Un par un. Comme en se glissant, le long des murs et des haies, dans une rue déserte qui sentait l'incendie, la poudre.

Surprise à l'arrivée. Près de deux cents personnes, des familles tombées là de partout, occupaient les lieux qu'évacuait, à ce moment même, un bataillon d'infanterie.

Ils ronchonnaient, ces soldats que poussaient leurs officiers, revolver au poing et coups de pied au cul. Ils se sont formés par sections dans la cour protégée des vues et des balles du côté sud, du côté des Allemands sans doute, par de hauts bâtiments. En face, seulement un simple mur. Si bien que l'on voyait se soulever joliment les tuiles des maisons, de l'autre côté de la rue, mitraillées par un avion.

Soudain est apparu, sorti de je ne sais où, un prêtre en soutane, ceinturon de cuir et casque. Il a crié aux soldats que, puisqu'ils montaient en ligne, il était prêt à les absoudre de tous leurs péchés. « Ceux qui le souhaitent n'ont qu'à se mettre à genoux. » Ils l'ont tous fait. D'un bloc. Dans un bruit de godillots et de crosses sur le bitume. Tous. Les tuiles, en face, se soulevaient toujours, dansaient dans le soleil.

Je ne les ai pas vus sortir de la cour. Ma sœur, sur ordre maternel, m'avait pris par la peau du dos. Descendre. Et plus vite que ça. Nous avons appris plus tard que, lancés dans une contre-attaque, nombre de ces soldats avaient péri.

Arrivés les derniers, nous n'avions trouvé place, sur la paille où ils avaient reposé, que près de l'entrée. Pas ce qu'il y avait de mieux quand les obus éclataient dans la cour, faisant rouler jusqu'à nous des nuages de poussière, de débris et de fumée. Alors, toute la cave se dressait, comme pour fuir. Le souffle était assez puissant pour atteindre, plus loin, vers le centre de cette longue nef, la flamme d'une lampe à acétylène – nous disions à carbure. Un jeune homme alors, armé d'un briquet, la rallumait, persévérant. Les familles s'asseyaient. Et bientôt, tout recommençait.

Cela se prolongea trois jours. Trois jours interminables. Avec les problèmes essentiels. La survie, bien sûr. La nourriture aussi. Ma mère avait emporté des boîtes de corned-beef et du pain dont nous découvririons, à la fin, de retour au grand jour, qu'il était moisi, vert et blanc sale. Pipi et caca, enfin, une question que les récits guerriers ignorent d'ordinaire. Pas question d'y procéder dans la cave. Il fallait attendre la nuit et se coller contre les murs du bâtiment. J'ai vu ainsi brûler l'église, toute proche, dans un ciel de feu d'artifice. Je savais qu'il y avait là le cadavre d'un bébé qu'une famille, arrivée après nous au terme d'un effroyable périple autour de la ville encerclée, avait déposé au pied de l'autel.

J'avais entendu les confidences du père, un commerçant je crois, à un aumônier militaire – un autre, apparemment coupé de son unité – qui, au long de la journée, faisait réciter des chapelets à cette petite foule. J'imaginais le corps du gamin, perdu dans les flammes, avec une sorte d'indifférence ou de fatalisme, je ne sais plus. Pourtant, la peur, soudain, surgissait, paralysait. J'ai compris ces jours-là quel animal irrationnel c'était. Elle vous laisse en paix dans les pires moments, réapparaît pour vous étreindre quand le calme est à peine troublé par quelques tirs. Une sale bête. Capricieuse.

Une maison, de l'autre côté de la rue, atteinte par une bombe, ou un obus, s'était effondrée sur ses habitants. On entendait quelques cris sous les décombres, à en croire les hommes qui, la nuit, s'étaient risqués jusque-là. Mais impossible de dégager cette famille, sous les feux. Quelques-uns parvinrent, je crois, à leur glisser nourriture et boisson, à deux ou trois reprises. Puis un autre projectile, tombé sur ces ruines, mit un terme à ce qui était devenu pour nous une lancinante obsession.

Le troisième jour, nous vîmes arriver des blessés. Un lieutenant à la poitrine ouverte, couverte de sang, que ma mère essayait de me cacher, et que ma sœur tentait de nettoyer et de panser avec une vieille chemise.

Le même soir passèrent par là deux officiers porteurs d'un drapeau blanc – un mouchoir fixé à une badine de jonc. C'était la fin. Prévue. Attendue par quelques-uns qui disaient préférer vivre allemands que mourir français. L'aumônier est parti avec les deux officiers.

Vint le silence, au milieu de la nuit. Nul ne sait ce qu'est le silence, le bonheur du silence, s'il n'a pas vécu des semaines dans un incessant vacarme.

Nous étions tous pétrifiés, oreilles tendues. L'un des blessés râlait un peu, si peu. Un bruit presque apaisant, monotone.

Personne n'est sorti de la cave avant l'aube. Enfin, un homme s'est risqué, puis un autre. Bientôt une dizaine. Quelques gamins les ont suivis, dont j'étais. Il y avait là, trônant parmi les débris et quelques cadavres, une cuisine roulante de l'armée, curieusement intacte. Ils ont entrepris d'allumer le foyer pour faire du café. Un soldat allemand est apparu, à bicyclette, à l'entrée de la cour, revolver au poing. Ils ont tous levé les mains en l'air. J'ai dévalé l'escalier en criant : « V'là les Boches. » J'ai pris ma troisième – et dernière – gifle du temps de la guerre. Il fallait dire désormais les Allemands. Sauf si nous étions entre nous, vraiment entre nous.

Nous avons retrouvé la petite maison au bord du canal presque intacte, par chance, à la différence de ses voisines. Quelques balles s'étaient fichées dans le mur, que je tentai de desceller à l'aide d'un canif. Mon frère, à ce moment, jouait les équilibristes sur une passerelle détruite pour traverser le canal : de l'autre côté, un paysan, un peu braconnier peut-être, en mal de générosité quoi qu'il en soit, avait crié qu'il pouvait nous donner de la viande de mouton.

J'ai entendu remuer un peu plus loin et je me suis approché. Comme c'était bon de marcher sous le soleil sans se cacher. Un cheval était là, un de plus, un autre, embourbé dans un fossé, épuisé semblait-il d'avoir cherché à en sortir. Il balançait la tête de droite et de gauche. Nous avons prévenu des voisins. Des hommes ont fini par venir avec des cordes et des sangles. Ils le tiraient par la tête, comme s'ils l'avaient pris au lasso. Je craignais de la voir se décoller. Ils tiraient, le cheval tentait de suivre, se redressait, s'enfonçait davantage. Je suis parti. Je n'en pouvais plus. J'ai entendu deux coups de feu. Ils l'avaient tué. Des armes traînaient partout.

J'ai trouvé un peu plus loin, le long du

canal, le cadavre d'un soldat, étendu dans l'herbe, les yeux fixés vers le soleil. Quelques mouches lui tenaient compagnie. Des bleues, détestables. J'ai appris très récemment qu'elles étaient toujours les premières à se précipiter vers les cadavres et que les services scientifiques de la gendarmerie tiraient, de l'ordre d'arrivée de diverses catégories de mouches, de précieuses indications sur les dates des meurtres.

Ce petit soldat-là, tout jeunot, était donc un mort de la veille, de la fin des combats. Un pas-de-chance, abandonné, ignoré, oublié.

On apercevait un peu de sang près du cou. Je n'ai pas trop regardé la plaie. Mon attention était surtout attirée par le scapulaire qu'il portait. Cet objet ayant aujourd'hui presque disparu, il me faut préciser qu'un scapulaire est, comme l'écrit le dictionnaire *Le Robert*, « un objet de dévotion composé de deux petits morceaux d'étoffe bénits, réunis par les rubans qui s'attachent autour du cou ». Le dictionnaire ne précise pas que lesdits morceaux d'étoffe – on en distribuait parfois à la paroisse – étaient imprimés de figures pieuses. Le scapulaire du soldat avait été arraché. Par la balle ou l'éclat qui l'avait tué, peut-être. Je lus sur l'un de ces petits carrés de tissu cette inscription : « Morceau de vêtement ayant appartenu au père Brottier. » J'étais intrigué. À tel point que j'enregistrai le nom de ce religieux dont j'ignorais tout.

Ma mère savait. Le père Brottier fut le fondateur, en odeur de sainteté, des « Orphelins apprentis d'Auteuil », œuvre d'éducation importante et de grande qualité qui existe toujours. Plus tard, je m'interrogeai : ce tissu bénit, qui avait touché le corps d'un saint homme, n'avait donc pas protégé ce soldat. J'imaginai qu'une maman ou une épouse, pieuse, le lui avait donné lors de son départ, pour sa sauvegarde, en lui recommandant de ne pas s'en séparer. Mais alors ? D'autres, des païens peut-être, comme on disait au catéchisme, des hommes qui ne portaient pas de scapulaire en tout cas, s'en étaient sans doute tirés sans une égratignure...

On commençait à voir se former sous le soleil, à peine gardées par deux ou trois Allemands, des colonnes de prisonniers. Ma mère en a reconnu deux – le hasard, mais plus rien ne nous étonnait. Des hommes de son village natal proche de Lille, qui sont rentrés se désaltérer et manger un peu dans la petite maison au bord du canal. Les adultes leur ont proposé de rester : on leur donnerait des vêtements civils, et puis voilà. Ils ont refusé, ont rejoint les autres et en ont pris pour cinq ans de captivité. Je ne leur avais pas demandé s'ils portaient un scapulaire qui les eût protégés. Mais cette question me tracassait. Pourquoi celui-ci et pas celui-là ? Pas juste. À quoi donc servaient scapulaires et protection divine implorée, je ne sais où, par une mère, une épouse ou une fiancée ? Je me suis longtemps interrogé. Ce qui ne m'a pas empêché de prier. Surtout lors d'autres bombardements. Mais c'est une autre histoire.

La ville morte

C'est étrange, une ville en ruine. Déchirée, ouverte, caves et secrets offerts. Les Allemands ne se montraient guère. Sauf pour distribuer leur pain gris-marron – que nous appelions caca ou KK – et photographier la petite foule qui se pressait alors. Sauf, aussi, deux par-ci, deux par là, pour encadrer, guider plutôt, les colonnes de prisonniers – des dizaines de milliers dont bon nombre eussent pu aisément s'évader.

Nous ? Ni électricité ni gaz ni eau. Notre quartier n'avait pas trop souffert. Si l'on peut dire : la plupart des maisons étaient béantes, fenêtres et portes ouvertes à tout vent ; vastes entonnoirs dans les chaussées ; débris de toute sorte dans les greniers ; un gros pavé dans le nôtre, catapulté là par l'explosion d'une bombe.

Des voisins avaient entrepris de vider la

maison du brasseur, notre propriétaire. « Avant de partir », avançaient-ils en guise de prétexte, « il a dit que l'on pouvait tout prendre ». Ma mère, comme prévu, nous interdisait de participer à ce sac. Nous trouvâmes quand même dans la rue, devant sa maison, un bel album intitulé *Angkor, Agyar et Borobudur.* Trois temples bouddhistes – le premier (la première cité plutôt) est très connu aujourd'hui –, qui furent pour nous une révélation. Nous ignorions, certes, que le propriétaire de notre appartement se passionnait pour les religions orientales. Surtout, nous ne savions rien, rien de rien, de ce monde-là, de l'art khmer, de Java, du bouddhisme. Impossible, en outre, d'interroger quiconque à ce sujet. Les autodidactes n'ont pas une vie simple. Ni repères ni références.

Avec quelques gaillards de mon âge, nous devions faire d'autres découvertes. Le centre de la ville était entièrement détruit. Les murs effondrés barrant les rues, on avançait sur des planches, posées sur les amas de briques par des fonctionnaires municipaux. À droite et à gauche, des caves éventrées, partout des débris. Une cave nous attira d'abord dont les murs, chargés de bouteilles de vin, n'avaient – bizarrerie – tenté aucun pillard. Le vin n'était pas du tout notre ordinaire : nous n'en buvions, chez nous, que pour célébrer les anniversaires. Un gamin a sorti une bouteille de banyuls. Dans une poche de chacune de nos culottes courtes nichait un canif à plusieurs lames et tire-bouchon. Pas de problème. Ce vin des Pyrénées-Orientales, sucré, que nous ignorions l'instant d'avant, nous l'avons aussitôt apprécié. Quelle douceur ! Autant qu'il m'en souvienne, nous en avons liquidé deux ou trois bouteilles. Nous étions sept ou huit. Le retour, en équilibre sur les tas de briques, fut périlleux. Et nous ne nous sommes pas vantés de cette trouvaille.

Nous en avons fait d'autres, littéraires celles-là. Les œuvres complètes d'Edmond Rostand. *Cyrano*, bien sûr, *L'Aiglon* également, mais aussi *Chantecler*, *La Princesse lointaine* et *La Samaritaine*, beaucoup moins connues. Un bonheur, un régal, surtout *Cyrano* et *L'Aiglon*. Les mois suivants, assis sur le linoléum, face à ma mère qui pédalait sur sa machine à coudre, je lui lisais et relisais la tirade des nez, les cadets de Gascogne de Carbon de Casteljaloux, le morceau de bravoure du grognard Flambeau dit le Flambard : « Et nous, les petits, les obscurs, les sans-grade, nous qui marchions fourbus, blessés, crottés, malades. » Je détestais Marie-Louise : « J'ai tout perdu... perdant le général Neipperg. » J'étais amoureux de Roxane, tout en la jugeant un peu sotte d'avoir méconnu Cyrano. Je pleurais presque à la mort de Napoléon II : « Ma vie est là, dans la ruelle... », et ma haine pour Metternich se mêlait à celle des nazis. Des années durant, ensuite, ma mère, imitant Cyrano, répéterait : « Voila Le Bret qui grogne », quand l'un de nous râlerait.

Par hasard, j'avais trouvé aussi, dans les ruines, un gros bouquin à la couverture rouge et or un peu cassée, un livre de distribution des prix, *Les Compagnons de Jéhu*, roman d'Alexandre Dumas, dont je m'étonne encore qu'il soit tant ignoré. Les aventures du jeune Roland de Montrevel et de ses camarades, braves et nobles, romanesques et romantiques en diable, qui jouaient les clandestins du côté de Bourg-en-Bresse au temps du Directoire me semblent aussi exaltantes que celles des *Trois Mousquetaires* ou de *Monte-Cristo*. D'autant que l'on y croise Cadoudal, Bonaparte préparant le 18 Brumaire, et la belle Joséphine dont l'Aiglon, justement, dans l'autre livre, celui de

Rostand, baisait les mains, virtuellement dirait-on aujourd'hui, à l'instant de mourir.

Le roman a toujours puisé dans l'Histoire de quoi nourrir les rêves. Celui-là et les pièces de Rostand me donnèrent la passion des livres. Je ne m'en suis pas remis.

L'Histoire, nous la vivions. Mais nous en ignorions à peu près tout. Pas d'électricité signifiait pas de radio. Pas davantage de journaux. Les premiers jours, les plus folles rumeurs couraient ce qui restait de la rue, d'une maison l'autre. Une armée française approchait de Berlin. Les Anglais revenaient, ils avaient débarqué à Calais. Un complot de grands chefs militaires avait mis un point final à la dictature hitlérienne. Ainsi refleurissaient les espérances les plus désespérantes. Ce que nous avions vu de la débâcle, de l'état moral de nos troupes, ne nourrissait chez nous aucun scepticisme... Nous n'avons eu connaissance de l'Armistice de juin qu'au cours de l'été. De même, l'existence d'un général qui, à Londres, appelait à la résistance.

La vie, pourtant, reprenait. Les rues s'ouvraient de nouveau. Les robinets et la petite pompe du coin de la rue laissèrent bientôt couler l'eau – couleur rouille d'abord ; un bonheur tout de même. Les fenêtres redevinrent fenêtres, les portes, portes et les toitures, toitures.

L'école reprit à la fin de juin. Pour moi dans un orphelinat catholique car la mienne avait brûlé. Garçons et filles y étaient mêlés – une nouveauté qui se prolongea et ferait jaser. Je passai l'examen d'entrée en sixième dans le collège libre, bien que je n'aie connu et ne connaîtrais que la laïque, mais ces distinctions étaient, pour l'heure, abolies. Bonheur : en ces temps de désordre et d'improvisations permanentes, la date des grandes vacances – la mi-juillet – fut respectée.

Nous avons retrouvé les plaisirs des explorations. Les champs de ruines étaient toujours riches en objets parfois inconnus. La verroterie des lustres dix-neuvième, aux pièces taillées comme des diamants dont nous pensions qu'ils étaient vrais et que nous ramassions, que nous collectionnions avec les débris des vitraux d'église, soigneux, émerveillés, bientôt déçus. Des casques, des jumelles, des gamelles de soldats. Un fusil-mitrailleur, un jour, près du patronage, que nous avons porté au vicaire chargé des garçons de la paroisse.

Depuis des années, ce patronage était le lieu

de rassemblement des gamins du quartier, les jeudis et les dimanches, que leurs pères votent communiste ou socialiste, plus à droite ou rien du tout. Le vicaire de l'époque, non mobilisé parce que ses poumons ne présentaient pas toutes les garanties, était un personnage d'exception : tout jeune, inventif, plein d'allant, patriote comme on n'en fait plus. Nous avons vécu avec lui des heures merveilleuses dans la grande cour du « patro » où un camion militaire français avait trouvé refuge à la veille de l'arrivée des Allemands.

L'abbé ne savait pas plus que nous comment manier un camion. Tout le monde s'y mit, à commencer par quelques costauds, jeunes ouvriers devenus chômeurs. Le moteur finit par toussoter, démarrer et le volant, bien sûr, par tourner. Nous étions là-dedans une bonne quinzaine, le vicaire au volant. La cour était devenue comme un manège. Pas très longtemps : le véhicule a fini dans un mur. À petite vitesse, sans dégâts pour nous. Lui ne s'en est pas remis. Je pense aujourd'hui que le vicaire préférait cette fin-là, qu'il l'a doucement provoquée. Les Allemands ne l'auraient pas. Le fusil-mitrailleur, nous l'avons empaqueté, caché dans le grenier du patronage. Vers la fin de l'Occupation, mon père, qui avait quelque activité clandestine et qui nous avait vaguement entendus parler de l'histoire, sans trop y croire, s'en est soudain souvenu et s'est enquis de l'arme. Mais le vicaire avait été nommé ailleurs. Et le grenier était vide.

Le vicaire, cet été-là, avait perdu l'un de ses principaux fournisseurs : le loueur de films muets en 9,5 millimètres et noir et blanc bien sûr, dont les gamins du quartier se délectaient au patronage chaque dimanche. Charlie Chaplin, Harold Lloyd, Buster Keaton, le chien Rintintin et le cow-boy Tom Mix n'avaient guère de mystères pour nous, leurs aventures encore moins, d'autant que, les disponibilités étant limitées, les mêmes films revenaient régulièrement sur l'écran de toile blanche. Mais en 1940, patatras : plus d'électricité ni de loueur. Comment occuper des dizaines de gamins qui ne pouvaient toujours jouer aux barres et au foot dans la cour ? L'abbé mobilisa sa quinzaine de fidèles, le « noyau dur » du patronage si l'on veut, ceux qui avaient tourné avec lui dans le camion militaire, et décida que nous ferions du théâtre chaque dimanche.

Il fallut remonter, dans la salle de cinéma, une scène sur quelques tréteaux, brosser à la hâte des éléments de décor, et fermer le tout par un rideau (heureusement, quelques-uns d'entre nous, apprentis sans emploi, avaient plus d'expérience que mon frère et moi). Il fallut surtout inventer des pièces en trois ou quatre actes, chaque semaine. Sans texte, bien sûr. Nous nous réunissions chaque dimanche à la sortie de la grand-messe pour inventer une histoire et nous répartir les rôles. J'adorais jouer les adultes en me dessinant fausse barbe et fausses moustaches avec un bouchon brûlé. Mais les « grands » créaient pour moi, le plus souvent, des personnages de mon âge. Ensuite, on se déguisait : on trouvait dans les ruines, sans trop chercher, de vieux vêtements en tout genre. Puis on improvisait. Je doute beaucoup de la qualité de ces spectacles. Il n'empêche : des dizaines de gamins nous regardaient deux ou trois heures d'affilée, oubliant presque de se bagarrer ou de renverser leurs bancs de bois. Bref, un bonheur. Et l'habitude prise de créer nos propres loisirs sans attendre que la mairie ou je ne sais qui nous les offre sur un plateau.

Les classes rentrèrent le 1er octobre. Je « fis » ma sixième dans l'appartement épargné d'un notaire évacué. Notre professeur – en toutes matières, latin excepté – n'avait pas le baccalauréat, ni même, je crois bien, le brevet supérieur. Nous, les « sixièmes », étions un peu entassés dans la salle d'attente, les « cinquièmes » dans une pièce voisine, un salon peut-être. Les autres classes occupaient les bureaux d'une filature incendiée, entre les murs de laquelle on construirait bientôt des baraquements. De là, nous venait une fois par semaine un « vrai » professeur qui enseignait le latin.

Une autre vie avait commencé. Elle était hachée par les alertes, de nouveau. En juin, après la capitulation de la ville, nous avions retrouvé le bonheur de dormir, sans accroc, dans de vrais lits. Pas pour longtemps. Quelques jours plus tard, en effet, un avion anglais a survolé la ville. La DCA allemande a tiré. Nous n'avons pas bougé. Tant pis. Mais bientôt, ils sont revenus. Deux ou trois avions peut-être, guère plus, dont nous avons fini par penser qu'ils harcelaient l'adversaire, car ils jetaient quelques bombes, loin vers le port, revenaient, les mêmes ou d'autres, mais les mêmes à notre avis, comme s'ils étaient allés se réapprovisionner sur leurs aérodromes, plutôt proches.

Nous avons retrouvé la peur. Les premiers temps, sursautant aux tirs de la DCA, mon frère et moi avions crié : « À la cave ! » Alors, notre père, de son lit : « Ce n'est rien. Un Anglais qui ne fait que passer. »

Nous nous levions pourtant, inquiets, curieux, pour soulever les couvertures qui masquaient chaque nuit les fenêtres et regarder un spectacle toujours recommencé : les pinceaux lumineux des projecteurs qui balayaient le ciel, l'ascension, lente semblait-il, des balles traçantes, mauves, brillantes, que les mitrailleuses envoyaient, en file indienne, à la poursuite des appareils.

Puis, quand les bombes (peu nombreuses alors, je le répète) avaient éclaté, nous courions vers notre père : « Tu vois bien ! » Lui, qui n'avait décidément pas envie de bouger : « Plus la peine, c'est fini. »

Les bombardements s'intensifièrent. Les bombes se rapprochèrent du quartier, tuant des familles. Il fallut réapprendre les descentes à la cave, mieux aménagée de mois en mois. Chaque soir, ma mère disposait pour chacun, sur une chaise, un manteau lesté dans une poche de pantoufles, dans l'autre d'une paire de chaussettes et encore, enfilé dans une manche, un pull-over. Nous pouvions ainsi dévaler les escaliers en enfilant le manteau et finir de nous équiper à l'arrivée où, le charbon étant devenu rare, une place avait été libérée pour un matelas. Des précautions qui ne progégèrent pas ma sœur : elle prit froid, la pneumonie se transforma vite en tuberculose foudroyante.

Une tragédie, bien sûr. « Nous étions heureux et nous ne le savions pas », répétait ma mère, brisée. Le bonheur est ainsi fait : on le connaît au passé, quand on l'a perdu. En dépit d'incessantes visites au cimetière, nos parents ont su le reconstruire – sans jamais se remettre vraiment – à force de tendresse et d'amour.

Les évènements nous bousculaient.

L'électricité réapparue, et la radio retrouvant par elle la parole, nous avions recommencé à suivre l'actualité guerrière. À l'automne 1940, nous avons ainsi appris la géographie de la Libye et de l'Érythrée où quelques Anglais et guère plus d'Italiens s'affrontaient. À la même époque, on nous distribua, en classe, un jeu de photos de Philippe Pétain, format carte postale. Je les apportai à la maison ; ma mère n'hésita pas un instant et les mit au feu.

Nous n'étions pas les seuls. Autour de nous,

la plupart des familles suivaient les consignes de la radio de Londres qui recommandait, un jour, de se rassembler devant le monument aux morts, une autre fois, de s'habiller de bleu, de blanc, de rouge, ou encore de s'abstenir de sortir dans les rues – un premier janvier je crois – entre trois et quatre heures. Quand elle lança la campagne des V – « V » pour Victoire – qu'elle recommandait d'inscrire partout (« Sur les murs et sur les pavés, on voit partout fleurir des V, les Boches, ça les fait endêver, et nous ça nous fait rêver »), nous avons volé des craies en classe pour en couvrir, dans la ville, ce qui restait de murs. Si bien qu'un jour, au collège, nous vîmes surgir des gendarmes allemands. Chaque classe était réquisitionnée pour essuyer les V de la future victoire alliée. On nous munit de seaux d'eau et de chiffons. Nous avons parcouru les rues, un gendarme à moto derrière nous, mitraillette sur le ventre. Bien vite, l'astuce fut trouvée, la consigne passée : effacer les V en suivant soigneusement chaque branche de la lettre ; nos chiffons s'étant très vite chargés de poussière, de plâtre ou de peinture, des V de boue succédèrent aux V de craie. Les gendarmes allemands, peu effrayants en vérité, et qui semblaient s'ennuyer, n'y prirent pas garde, nous abandonnèrent vite.

À cette époque, quelques-uns parmi les plus âgés songeaient beaucoup à partir pour l'Angleterre, « rejoindre de Gaulle ». De mystérieux conciliabules se tenaient dans la cour de récréation – un espace entre les baraquements enfin édifiés. Je crois bien que quelques-uns tentèrent leur chance, se rendant une nuit au port – non sans risques, puisqu'il était interdit à la population –, pour attendre un bateau qui ne vint point.

Les bombardements, jamais massifs les premiers mois de l'Occupation mais souvent suivis d'obsèques qui rassemblaient des foules, rythmaient notre vie. « On ne fait pas d'omelette sans casser des œufs », disaient, résignés, les gens de la rue pour excuser les aviateurs anglais auxquels ils reprochaient quand même de mal viser. Mais quelques-uns allaient régulièrement fleurir les tombes de ceux que les Allemands avaient abattus.

Nous tirions parfois, il est vrai, quelque parti de ces alertes. Un après-midi où je séchais, lamentable, en classe, lors d'une composition de géographie au sujet un peu rude – la géologie du Massif central –, j'adressai au ciel d'ardentes prières pour qu'apparaissent des avions anglais. Quand les sirènes ululaient, en effet, nous devions courir dans une cave située à une bonne centaine de mètres et là, bien sûr, nous pouvions nous refiler à loisir les solutions des problèmes et les informations de première nécessité. Conséquence : les compositions étaient annulées. Je fus exaucé. Les Anglais survinrent, les bombes tombèrent, firent malheureusement quelques victimes. Heureusement, je ne m'en crus pas responsable.

À cette époque, pourtant, bien des prêtres prêchaient qu'il fallait prier et encore prier et toujours prier – comme si un Dieu d'amour avait besoin d'être supplié en permanence – pour obtenir la protection des siens, de la ville, du pays, et ainsi de suite. Et ils étaient très écoutés.

Les églises restées debout rassemblaient des foules. Les neuvaines de prière succédaient aux neuvaines, les dizaines de chapelet aux dizaines de chapelet. « On les aura », avait dit un curé lillois à un jeune prêtre alors que, mobilisés tous deux, en pleine déroute, nez à terre, ils tentaient d'échapper aux tirs de l'artillerie allemande. Et l'autre, époustouflé : « Comment, on les aura ? Vous voyez bien que... » Réponse : « On aura les gens dans nos églises. Ils reviendront. »

Ils revinrent. Nous fîmes connaissance avec une sainte, Rita, réputée « patronne des causes désespérées ». Bien des prêtres expliquaient qu'il fallait multiplier les sacrifices, encore les sacrifices – marcher pieds nus par exemple – pour expier les péchés de la France vaincue. Comme si les nazis, vainqueurs, n'étaient pas pécheurs...

Notre jeune abbé gaulliste ayant été nommé ailleurs, nous avions récupéré son prédécesseur, démobilisé, qui fit chanter « Maréchal nous voilà » aux enfants du patronage. Je n'appréciai pas. Je le dis à mes parents qui me conseillèrent de ne plus y mettre les pieds. J'en fus très fier, comme d'un acte de résistance qui changerait le cours de l'Histoire. D'ailleurs, se développait au collège la Jeunesse Étudiante Chrétienne (JEC) où l'on se moquait volontiers de Vichy, où l'on reprenait en chœur les chansonnettes de la BBC hostiles à Pierre Laval, à Philippe Pétain et à leurs amis.

Vichy était loin, bien loin. Trois ou quatre frontières nous en séparaient puisque nous vivions, par décret allemand, en zone interdite.

Nous vîmes pourtant passer dans nos classes, un jour, un de ses ministres, Pierre Pucheu[1]. Nous étions impressionnés par cet homme sévère. Le premier ministre que j'aie jamais vu. De Vichy, mais quand même. Le cou entouré d'un gros foulard blanc. Il nous observait, sans mot dire, tandis que nous sortions de nos sacs des gamelles militaires récupérées après le siège de la ville : les petits Dunkerquois, par faveur spéciale, avaient droit, chaque matin, en pleine classe, à une distribution de soupe chaude, aux choux et aux rutabagas la plupart du temps. Pucheu repartit, toujours muet et impassible, tandis qu'assis à nos pupitres nous engloutissions notre pitance en essayant de ne pas tacher livres et cahiers.

Notre soupe quotidienne était due, je crois, à la sollicitude de la ville de Paris qui avait décidé de parrainer notre cité ruinée. En matière de ravitaillement, nous n'étions, pour-

1. Exactement, secrétaire d'État à l'Intérieur. Bien que réticent à l'égard de la politique de collaboration, mais mêlé aux affaires d'exécution d'otages, il rejoignit Alger lors du débarquement américain en Afrique du Nord. Quelques mois plus tard, il fut condamné et exécuté. Pour l'exemple...

tant, pas plus mal lotis que les autres populations urbaines.

La campagne était proche, les agriculteurs de la région pas plus durs à la détente, mais pas moins, que les autres. Encore fallait-il mendier de ferme en ferme, farine par-ci, beurre par-là, et disposer d'un vélo aux pneus pas trop herniaires. Quelques mitraillages d'avions anglais qui surveillaient les canaux en quête de péniches allemandes à incendier contraignaient parfois les citadins-ravitailleurs à se jeter vite fait dans les fossés voisins pour sauver leur peau. Des vélos en souffrirent, des douzaines d'œufs devinrent ainsi omelettes sur le bitume.

Nous avions chacun nos spécialités ; mon frère « allait au pain », moi « au lait » : il existait au bout de notre rue une laiterie où je ne vis jamais une vache mais où, à condition d'être bien placé dans une queue qui s'étendait sur deux ou trois quarts d'heure, l'on pouvait obtenir un quart de lait dont la teinte bleutée montrait bien qu'il était copieusement mêlé d'eau.

Je ne détestais pas cette attente. On trouvait là surtout des ménagères dont plusieurs, férues de cinéma, fréquentaient assidûment les salles qui survivaient aux bombardements. Elles racontaient volontiers les films qu'elles avaient vus et qui m'étaient interdits pour raisons financières. Elles avaient particulièrement apprécié un mélo larmoyant, immense succès aujourd'hui ignoré de la plupart des dictionnaires du cinéma, *Le Voile bleu*, où Gaby Morlay, alors au faîte de la gloire, incarnait une nurse qui, toute sa vie, élevait des enfants de bourgeois et d'aristocrates sans que son abnégation soit vraiment reconnue. Ces femmes pleuraient en contant cette édifiante et triste histoire. Mais quand la laitière ouvrait enfin sa porte, elles se bousculaient, larmes oubliées, pour être les premières servies.

En matière de ravitaillement, notre famille fut un peu privilégiée. Nos parents, forts de l'expérience de l'occupation précédente, celle de la Première Guerre mondiale, où la faim avait fait des ravages, s'étaient empressés, dès l'arrivée des Allemands, d'amasser tout ce qui pouvait l'être : lentilles abandonnées par l'intendance française, corned-beef des Anglais, immenses boîtes de conserve d'anchois achetées à une épicière peu avisée qui nous en céda des kilos, de quoi nous en dégoûter à jamais.

Nous avions un nouveau jardin, cultivé surtout en pommes de terre et haricots verts que l'on mettait à conserver, mêlés à du sel, dans de grandes jarres recouvertes de pavés et carrelages qui les tenaient bien serrés (il n'empêche : après quelques mois, leur goût devenait exécrable). Mon frère élevait des lapins, très prolifiques, dont quelques-uns furent victimes d'une bombe tombée derrière la maison. Et les économies patiemment amassées par ma mère s'envolèrent : elle achetait de la viande à une marchande de rubans et chapeaux.

Toute la rue n'était pas logée à la même enseigne. La plupart des ménagères, celles qui utilisaient les petits carnets noirs chez l'épicière, le boucher ou le charcutier, ne disposaient d'aucune économie. Bien des hommes, ceux qui n'étaient pas prisonniers, avaient perdu leur emploi, le port ravagé étant hors d'état d'accueillir des navires de bonne capacité – ceux-ci hésitaient d'ailleurs à s'engager sur une mer qui bordait l'Angleterre. Soucieuse de limiter le chômage, la municipalité recruta beaucoup, afin de débloquer les ruines, puis de récupérer les briques en les séparant les unes des autres pour les entasser, au bout de la rue, sur le terrain vague où nous avions tant joué. Commença un lugubre défilé de petits chariots, hauts sur essieux, chargés de débris et traînés par de tristes chevaux qui s'efflanquaient de semaine en semaine. Les Allemands, eux, engagèrent quelques jeunes pour construire des abris et bientôt d'imposantes fortifications sur la côte où nous ne pouvions plus mettre les pieds.

Les murs restés debout ne se couvraient plus d'affiches publicitaires, seulement d'avis de la Kommandantur annonçant parfois l'exécution de résistants – le plus souvent déclarés « communistes », y compris un prêtre – et de propagande maréchaliste ou antijuive. Les juifs, avant la guerre, étaient peu nombreux dans la région. Nous n'en connaissions qu'un dans la rue, un petit fourreur, très discret, qui avait disparu dès le mois de mai 1940. Nous ne vîmes jamais d'étoiles jaunes. Et nous étions trop isolés de tout pour que l'on prît la peine de nous projeter *Le Juif Süss*.

Nous n'allions plus, le dimanche soir, au grand café du coin. Les autres familles non plus. Dès que le jour tombait, la rue se vidait, devenue noir tunnel puisque aucune lumière ne devait filtrer. Chacun restait chez soi. Les premiers mois, mon père tapait, à deux doigts bien sûr, sur la machine récupérée dans un camion anglais, des slogans ou des informations (toutes hostiles aux Allemands, mais peu vérifiées) qu'il destinait, je crois, à ses collègues. Puis il fallut vendre la machine afin de regarnir le portefeuille familial. La grande distraction, passion aussi, devint l'écoute, chaque soir, de la radio de Londres. Depuis l'entrée en guerre du Japon, nous apprenions la géographie de l'Extrême-Orient. Celle de la Russie n'avait plus grands secrets pour nous depuis la rapide et victorieuse offensive allemande de l'été 1941. De nouvelles cartes tapissaient les murs de la pièce à vivre, piquées de punaises dont la plupart marquaient alors des défaites alliées.

Mais nous avions le temps de lire. Par chance pour nous, le grand magasin de la ville, réfugié dans un petit garage et un appartement, ayant mis la main sur un stock de bouquins récupérés dans une maison d'édition juive, en avait fait, sans aucun respect, de véritables tas sur ses tables, comme s'il s'agissait d'oignons ou de charbon, et les liquidait pour quatre sous. Une véritable aubaine. À nous Dumas, Fenimore Cooper, Chateaubriand (qui m'ennuya beaucoup), Balzac, Théophile Gautier et surtout Victor Hugo ! Ils nous emmenaient ailleurs. Heureusement. Car nous vivions dans une ville morte. Nous ne le savions pas. J'allais bientôt m'en apercevoir.

La vraie ville

C'est beau une ville qui vit.

1943. Lille. Même pas à cent kilomètres de chez moi. Mais jusqu'à seize ans, je ne franchirai pas de plus longue distance.

Donc, Lille, l'été 43. Parce que ma mère doit être opérée, une fois encore, nous sommes envoyés dans la famille. Stupéfaction à la sortie de la gare. La foule, le bruit, les tramways qui font la ronde, chacun tintant de l'avertisseur – une sorte de cloche actionnée au pied – afin de presser le précédent d'avancer, d'inciter ses occupants à descendre au plus vite pour se jeter dans la gare, ou arrivants à l'inverse, de pousser les voyageurs encombrés de bagages à monter pour gagner quartiers, faubourgs et communes voisines.

Choisir son tramway est alors toute une affaire. Il faut éviter de confondre le I qui va jusqu'à Lille-Délivrance, la cité des cheminots où j'ai tante et parrain, et le I barré qui vous laisserait à mi-distance, ou encore le H, le H barré, le L et le L barré qui vous jetteraient ailleurs.

Donc, la place de la gare, cernée de bars, de bistrots et de brasseries aux offres alors peu alléchantes. Ni moules ni frites, contrairement à la légende, et une bière aux inquiétantes pâleurs. Impressionnant pourtant, ce tintamarre de ferraille, les voitures qui se faufilent comme elles peuvent entre ces I, ces H, ces L, quelques-unes d'un surprenant éclat, d'autres sales et poussives, équipées d'un gros fourneau vertical que l'on appelle gazogène. Celles des Allemands enfin qui, comme tous les occupants, s'accordent des priorités. Ou s'arrêtent, brusques, d'un grand coup de frein, pour déchiffrer une de leurs pancartes. Car elles sont partout, ces pancartes à flèches, indiquant des itinéraires ou des casernes. Superposées, entrecroisées, envahissantes, alors que dans notre ville morte, on en voit peu. Comme on aperçoit peu de soldats : ils sont agglutinés sur la côte, les plages, le port. Ici, à Lille, au contraire, ils sont installés en nombre, presque seuls, aux terrasses des cafés. Bruyants, rigolards, heureux sans doute d'éviter le front russe. Leurs publications et des magazines belges occupent les meilleures places des kiosques à journaux. Paris et Vichy sont loin, très loin. Nous sommes décidément à part. La région dépend d'un général allemand nommé von Falkenhausen, qui siège à Bruxelles, car nous serons rattachés à la Belgique et aux Pays-Bas, la rumeur le répète depuis 1940, si les Allemands l'emportent.

À la sortie de la gare, un jeune Français – culottes de golf à la Tintin, blouson bleu marine, chemise et cravate noires – distribue des tracts. J'en ai gardé un, je l'ai toujours. Un dépliant de propagande très illustré, en trois parties. La première : « Amérique : dictature éhontée du capital. » Une autre : « URSS : exploitation du peuple par le capitalisme d'État. » Au centre : « Europe : le capital au service du peuple. » Celle-ci est accompagnée de dessins montrant des familles heureuses, des enfants aux joues rebondies. Ce que dément le spectacle de la rue où l'on croise des gamins aux joues creusées, aux vêtements élimés. Dans cet entassement urbain, on a faim. La campagne n'est pas loin, certes, les tramways brinquebalants mènent presque jusque-là, et des foules s'y entassent, mais nous apprendrons vite que la plupart de ces chercheurs de blé, de viande, de beurre ou d'œufs, ne ramènent presque rien de leurs expéditions.

D'ailleurs, je découvre un mot nouveau : la « soudure ». Il ne s'agit pas de relier deux pièces de métal. Rien à voir avec la plomberie ou la mécanique. Il s'agit, pour le pays, d'étaler la consommation de farine d'une moisson à l'autre, de garder assez de réserves jusqu'en juillet, ou août, pour accueillir le grain nouveau. Or, la soudure se fait mal parfois. Chacun guette le ciel, attend le soleil qui va mûrir les épis. L'« août », comme on appelle la moisson autour de Lille, se fait désirer, ces années-là, comme par hasard. Manque de chance. Catastrophe.

La ville vit, survit, mais des boucheries, des épiceries, d'autres boutiques, fermées, font tache dans ses rues. Sur les rideaux tirés, des affiches, allemandes pour la plupart, qui annoncent des exécutions d'otages, mettent en garde contre des sabotages. Celles-là, nous les connaissons, depuis le début de l'Occupation. Car les coupures de fils téléphoniques, surtout, ont commencé dès l'été 40. Dans ce monde où l'on ne sait rien, où aucune nouvelle ne filtre qui déplaise aux puissants du jour, nous avons quand même appris – mais sans détail aucun – que les mineurs du bassin houiller avaient mené une grande grève au printemps de 1941. Nous avons su aussi qu'à l'appel de la radio de Londres, à Lille, des milliers de personnes avaient défilé, au début mai de la même année, devant la statue de Jeanne d'Arc, beaucoup y déposant un bouquet tricolore sans que les gendarmes allemands interviennent. Mon parrain, un cheminot, me montrera même un tract distribué dans la région des mines et adressé aux femmes pour qu'elles défendent le pain de leurs enfants.

Je l'admire, cet ami de mon père. J'imagine qu'il conduit la plus belle des locomotives, cerclée de bandes de cuivre qui brillent comme l'or. Avant la guerre, avec les petits copains, quand nous allions voir passer des trains, je le supposais toujours aux commandes des plus rapides. J'ai feuilleté aussi un livre, publié par des éditions proches des anarchistes, je crois, en 1937 ou 1938, qu'il avait passé à mon père Intitulé *Le peuple allemand accuse*, il contenait, déjà, une carte des camps de concentration. Je serai donc surpris, scandalisé, après la Libération, quand certains feindront d'en découvrir l'existence. Je ne veux pas faire le malin mais, à huit ans, je savais.

Pour l'heure, en cet été 43, mon frère et moi découvrons une ville qui vit ou qui s'efforce de faire comme si. Pas d'alertes aériennes, ou si peu : elles se multiplieront l'année suivante. En revanche, des plaisirs inconnus. Il existe une sorte de hall, appelé Éden-Musique, où s'alignent des phonographes enfermés dans de petits meubles vitrés : l'introduction d'une pièce de monnaie déclenche un tourne-disque, des écouteurs vous permettent d'entendre la chanson, dont le « petit format » est affiché, paroles et musiques. Maurice Chevalier fait un succès avec la « Chanson du maçon », très reconstruction, et « Ça sent si bon la France », style force tranquille avec village et clocher, mais notre famille a mis Chevalier en quarantaine depuis qu'il s'est fait photographier devant le Casino de Paris buvant symboliquement... de l'eau de Vichy. André Claveau fait un tabac avec « Je suis seul ce soir » que toutes les femmes de prisonniers ont mis au féminin et qui est devenu pour elles une sorte d'hymne. Nous, les adolescents, nous avons découvert le swing, l'orchestre de Raymond Legrand, Johnny Hess, Jacques Pills. Et à l'Éden

Cinéma, comme à Radio-Paris, car nous écoutons les variétés sur Radio-Paris et les informations sur la BBC, nous reprenons volontiers « Je suis swing », « Le Swing à la récréation », « Y'a des zazous dans mon quartier ». Zazous, nous ne le sommes guère. Mais cette musique swing, qui vient d'outre-Atlantique, nous a un petit goût de révolte, un parfum de vie.

Cette ville est aussi bourrée de cinémas. Surtout dans une rue, la rue de Béthune, où les salles se touchent, se font face, se chevauchent presque.

Elles présentent des films récents, à la différence des cinémas qui subsistent chez nous : les photos du film qu'ils affichent pour allécher le client sont racornies, percées de multiples petits trous aux quatre coins, tant elles ont été punaisées partout avant d'échouer dans notre pays perdu.

Les salles lilloises fonctionnent sur le mode permanent. Autrement dit, il n'existe pas de véritables séances : vous entrez quand des places se libèrent, vous avancez dans l'obscurité, parmi les couples qui s'embrassent, et vous prenez le film où il en est. C'est même un jeu, plutôt plaisant, de tenter de deviner qui est qui et qui fait quoi dans cette comédie ou ce drame. Nous avons mis en quarantaine, comme Chevalier, Danielle Darrieux et son *Premier rendez-vous* depuis qu'elle s'est rendue en visite officielle en Allemagne, reçue en grande pompe par des officiels nazis, en compagnie de Suzy Delair et de quelques autres. Ce qui ne nous interdit pas de nous intéresser aux films allemands. Parce qu'ils sont en couleurs. Une nouveauté pour nous. Nous découvrons Zarah Leander, suédoise mais nous l'ignorons, vedette habituelle de ces films qui ne sont guère inspirés par la propagande – sauf *Marie Stuart*, très anti-anglais – et aussi Marika Rökk, allemande celle là, qui donne dans le film-opérette, genre *Auberge du Cheval blanc*.

La propagande, on la trouve bien sûr dans les « actualités » dont la projection est parfois troublée par quelques sifflets, vite interrompus, de crainte que la lumière se fasse et permette d'identifier les manifestants.

Sortis d'une salle, nous passons dans l'autre. Les bals sont interdits, les dancings fermés. En dehors des matches, les cinémas sont les seuls loisirs des jeunes. À moins qu'ils ne sachent s'organiser, comme nous, à Dunkerque, qui occupons un appartement vide pour organiser des concours, jouer au Monopoly avec des cartes et un terrain que nous avons fabriqués en utilisant des feuilles de carton. Rien à voir avec l'excitation de cette grande ville, avec le grouillement de cette rue de Béthune où les cinémas le dimanche sont pleins à craquer. Nous aimons surtout le Rexy, dont le plafond s'ouvre à l'entracte, l'été, laissant apercevoir le ciel. Chaque fois, je reste bouche bée. Je viens d'un autre monde.

Une si longue attente

Les femmes et les enfants dehors ! Terminées les vacances, nous avions regagné nos ruines et nos baraques, repris les études, quand les Allemands, en février 1944, entreprirent de nous chasser. Affairés à planter sur les plages des piquets, à enterrer sur toute la côte des mines et des pièges, à construire des blockhaus – jusque sur l'emplacement d'une maison détruite dans notre rue –, ils nous jugeaient gênants. Nous n'étions que quelques milliers de civils pourtant. C'était encore trop. Ils voulaient seulement garder les hommes, pour leurs travaux. Ils trouvèrent un moyen simple de se débarrasser de la plupart des autres : fermer les écoles.

Nos parents étaient persuadés que notre maison s'écroulerait un jour sous une nouvelle bombe : une autre, quelques semaines plus tôt, avait creusé la courette derrière chez nous et délabré les murs. Il fut donc décidé de déménager une partie de notre mobilier. Ma grand-mère paternelle, prénommée Zulma, vieille petite dame toujours vêtue de noir et ridée comme une pomme oubliée, était décédée à l'automne précédent, à Gondecourt, commune du sud de Lille, d'où sont issus depuis des siècles la plupart des Duquesne, domestiques, journaliers et un foreur de puits... Elle y possédait une minuscule maison au fond d'une impasse. Nous irions là.

Nous avions trouvé – chose rare – un déménageur. Très cher, mais ma mère s'était résignée de longue date – marché noir obligeant, je l'ai dit – à abandonner toute velléité d'épargne. Ce déménageur se faisait aider d'un ouvrier squelettique dont nous avons longtemps craint qu'il ne s'effondre sous le poids des caisses et des meubles. Tous deux les entassèrent à la diable dans leur camion à gazogène avant de s'installer, sans complexes, dans la cabine. Quand nous partîmes, à la nuit tombante, nous n'avions trouvé place qu'à l'arrière, non bâché. Des couvertures nous aidèrent à supporter le mélange de pluie fine et de neige qui commençait à tomber. Notre père, retenu par son service, ne nous accompagnait pas.

Nous sortions d'un appartement étroit pour nous trouver une maison qui l'était davantage. Une masure, à vrai dire. Deux petites pièces sous un plafond fait de planches disjointes. Pas d'eau courante : une pompe devant la porte pour récupérer le contenu d'une citerne. Aucune installation électrique. Nous avions, certes, appris l'usage des lampes à pétrole sous les bombardements alliés qui nous privaient de courant. Quand même... C'était, au milieu du vingtième siècle, une situation imprévisible. Il fallut s'y mettre. Peindre les murs de torchis quand ils s'y prêtaient. Faire installer fils et interrupteurs par un électricien amical. Bricoler des installations sanitaires. Ce qui fut surtout l'affaire de mon frère : je n'y entendais pas grand-chose.

Nous allions, pourtant, être heureux là. Non que le ravitaillement à la campagne fût tellement plus aisé qu'en ville. La plupart des fermiers, que mes parents avaient pourtant fréquentés auparavant sur les bancs de l'école, se montraient ladres, se faisaient prier pour céder à prix élevé deux œufs, un demi-quart de beurre ou un morceau de lard. Affecté à la recherche de lait, cette fois encore, j'en obtenais un quart de litre d'une fermière grincheuse et méprisante. Et c'était du « petit-lait » sorti d'une grosse machine marquée Alfa-Laval qui gardait l'autre, le bon, le « grand », pour faire du beurre dont nous ne bénéficierions pas davantage, ou pour la consommation personnelle de cette famille et de ses amis. Je mûrissais chaque jour, quand cette femme me servait chichement sans mot dire, de passionnés et secrets désirs de vengeance. Elle allait voir ce qu'elle allait voir après la Libération. Elle ne vit rien, bien sûr.

Par chance, vivait dans un village voisin la famille d'un oncle boulanger. Nous avons donc retrouvé le goût du pain blanc, oublié depuis des années, presque trop blanc en vérité, par réaction contre la farine « officielle » où se mêlaient des végétaux divers.

Non. Ce qui nous donna quelque bonheur, les premières semaines, fut un sentiment de paix. Plus question de dévaler les escaliers jusqu'à la cave dans le vacarme des canons et les sifflements des bombes. Plus question de s'aplatir au sol dans ce qui nous servait de cour de récréation quand les sirènes avaient sonné trop tard, la lutte entre avions et DCA étant déjà déclenchée, les premières bombes sifflant et éclatant. Plus question de ramasser des débris, de regarder des sauveteurs s'acharner à retrouver des corps sous des amas de briques et de bois qui avaient été une maison, ni de balancer mon encensoir d'enfant de chœur devant des alignements de cercueils recouverts de draps noirs.

La paix. J'avais déjà eu ce sentiment l'été précédent. Car, outre le passage à Lille, évoqué plus haut, nous avions été hébergés par une tante dans ce gros village (trois mille habitants environ, ce qui est village pour le Nord, bourg ou ville ailleurs). Nous avions cru, mon frère et moi, atterrir sur une autre planète, dans un autre monde. Elle semblait cantonnée, la guerre, aux journaux et aux radios. Le choc le plus fort : une kermesse pour les prisonniers. Ils avaient bon dos, les prisonniers, les centaines et les centaines de milliers d'hommes pris en 1940 et toujours enfermés en Allemagne. Sous prétexte de – ou, soyons charitables, avec la volonté de – recueillir de l'argent qui permettrait de leur adresser des colis, on faisait la fête, de village en village.

Des kermesses pour les prisonniers, j'en avais connu et fréquenté auparavant chez nous, dans notre ville morte. Mais le cœur n'y était pas. Aucune attraction ou presque. Quelques tentes faites de vieilles bâches qui affichaient L'HOMME CHAUVE-SOURIS, L'HOMME AUTOMATE, ou LE PLUS PETIT DES GÉANTS ET LE PLUS GRAND DES NAINS. Et qui avait payé son dû pour découvrir ces pseudo-phénomènes de foire apercevait un chauve souriant, un personnage portant un plat de tomates, ou deux gaillards de taille moyenne. Pas de quoi s'amuser vraiment. Seule m'avait diverti une équipe de jeunes délurés chantant une œuvre de leur composition, idéalisant le passé pour mieux rire – jaune – du présent :

« Avant la guerre, les Dunkerquois
Vivaient heureux comme des rois,
On n'rencontrait qu'des gens honnêtes
Qui f'saient la fête
Pendant des mois.
Partout il y avait qu'des amis,
On n'voyait pas un mercanti,
Personne pensait qu'un jour ou l'autre
Tout c'bon temps-là serait fini.
Maintenant qu'y a plus de beaux rôtis
Notre pauvre ventre fait des plis.
Maintenant, y'a plus de chocolat.

Il n'y a plus que des rutabagas.
Si vous demandez un bon de chaussures,
La chose est sûre
Il n'y en a pas. »

Et ainsi de suite. Cette chanson, sur l'air d'une ritournelle d'avant-guerre qui évoquait les sentiments d'un soldat partant en permission, se terminait par une parole d'espoir – « Chers Dunkerquois, tout ça reviendra » –, mais les familles, ayant vite fait le tour de cette pseudo-kermesse, repartaient sans vraie joie. Les gamins ne se faisaient même pas prier pour la quitter. Ni pleurs ni hurlements.

Dans les campagnes proches de Lille, c'était une autre affaire. Flonflons, couleurs, odeurs de gaufres et sucreries diverses, rien ne manquait à ces « foires aux plaisirs », comme l'appelaient les habitants. Sauf quelques manèges, peut-être. Apéritif-concert où, innocent venu d'ailleurs, je bus, la première fois, plus que de raison. Spectacles. Crochet, c'est-à-dire concours de chant comme les radios en raffolaient avant la guerre, où la malheureuse chanteuse qui commettait la faute suprême – se tromper d'une note, hésiter un instant sur un mot – se voyait interrompre d'un violent coup de cymbale, éliminée. Loteries en tout genre aussi. La guerre ? Oubliée. La vraie fête, comme on sait les réussir dans le Nord.

Une scène, pourtant, m'écœura. Je vis un costaud, la trentaine, rouquin, qui venait de gagner un lapin vivant dans une loterie et qui titubait un peu, interpeller le curé du village. Le lapin, qu'il tenait par les pattes de derrière, gigotait. L'homme sortit d'une poche un grand canif et entreprit de lui scier le cou tout en parlant. Le curé faisait mine de regarder ailleurs. Le sang pissait. La petite bête se cabrait. J'étais paralysé. La tête roula à terre. Les deux hommes n'avaient même pas interrompu leur confus dialogue. J'ai fui. J'ai erré à travers les ruelles qui quadrillent ces villages et qu'on nomme des « voyettes ».

Je suis quand même retourné à la fête. Puisqu'elle gardait une odeur de paix.

La guerre, quand, l'hiver suivant, devenus réfugiés, nous retrouvâmes ces lieux pour nous installer dans la minuscule maison de la grand-mère, n'allait pas tarder à nous rattraper.

Quelques semaines de délai pourtant. Le temps de découvrir dans ce village un pensionnat de jeunes filles, la plupart originaires du sud du département, où l'on acceptait quelques garçons, externes bien sûr. Tellement rares, il est vrai, que ces demoiselles nous entouraient beaucoup. Ce qui devint très intéressant quand j'entrai en seconde : deux garçons pour une trentaine de filles. Les usages du temps étaient plutôt convenables. Et j'étais bien jeune – quatorze ans. Mais ces demoiselles, qui s'ennuyaient ferme après le déjeuner, avaient pris coutume de danser entre elles, au son d'un vieux piano, dans une salle des fêtes vidée de tout siège. Elles nous y attirèrent. J'appris à danser. C'était le temps du tango, du slow et de la rumba aux pas plus compliqués. Bonnes filles, plus expérimentées, elles nous enseignaient avec patience et sourires. Il est vrai qu'en matière de cavaliers, elles n'avaient pas le choix.

Bientôt, presque chaque jour, des vagues d'avions imposantes nous survolèrent. À peine agacées par la DCA allemande, elles allaient jeter, par tapis, des bombes sur Lille, ses gares de triage, ses usines, tuant parfois des civils par centaines. Les jeunes femmes du village, assez nombreuses, qui travaillaient dans la grande ville ou alentour, descendaient le soir du train de banlieue les yeux fous, la mine défaite, les manteaux salis, racontaient des histoires d'épouvante.

Le printemps venu, il n'y eut plus guère de trains. Seulement, et pas toujours, un autobus fatigué, dont le propriétaire, un petit bonhomme à l'œil rusé et méchant, imbu de son soudain pouvoir, prenait grand plaisir à trier, parmi la petite foule qui patientait sur le trottoir, ceux qui auraient le privilège d'être transportés dans sa guimbarde.

Des explosions sourdes, désormais, ébranlaient la nuit.

Des poteaux électriques s'effondraient, des rails se brisaient, des aiguillages se trouvaient figés par une coulée de béton. Nous mettions la plupart de ces attentats au compte des communistes, puisque les Allemands ne cessaient de les en accuser. J'allais découvrir au lendemain de la guerre l'existence de nombreux réseaux reliés à la France libre ou au SOE[1] anglais : l'un d'entre eux, appelé « Syl-

1. Special Operations Executive, créé en juillet 1940 par Winston Churchill pour mener, dans les pays occupés, des actions de renseignement et de sabotage.

vestre Farmer », était dirigé par un Anglais, Michael Trotabas, qui avait séjourné au début de la guerre dans le village où nous habitions. Dès 1943, ses hommes – certains déguisés en soldats allemands – avaient partiellement détruit une usine de locomotives près de Lille, fait sauter tout un train d'essence pour avion en gare de Roubaix et partir en fumée deux cent mille litres d'alcool qu'une distillerie – dans le village même où j'avais participé à cette étonnante « foire aux plaisirs » – venait de fabriquer pour l'industrie allemande. Cette région avait gardé un temps une allure de paix, je l'ai assez répété. Mais je m'étais trompé : une bataille souterraine s'y livrait, presque depuis l'invasion.

Bientôt, à la mi-mai, les écoles fermèrent. Comme en 1940. Nous allâmes travailler aux champs, histoire de gagner quelques sous, quelques œufs, quelques dizaines de grammes de beurre.

Le 6 juin, mon frère et moi étions occupés à « démarier » des betteraves à sucre – une tâche désespérante : il s'agissait d'arracher tous les plants superflus, et les mauvaises herbes, pour n'en laisser qu'un à peu près tous les vingt centimètres, promis à grossir et se gonfler de sucre jusqu'à l'automne. Pour accomplir ce démariage, nous nous traînions à genoux, munis chacun d'un petit outil, quand un chasseur anglais fonça vers nous, mitrailleuses en action. Nous nous sommes aplatis à terre. Peur ? Je ne sais plus. Nous ne manquions pas d'expérience. Je me souviens seulement d'avoir un peu levé le nez pour regarder la terre qui se soulevait à chaque impact, une centaine de mètres plus loin. Il y avait là un canal – il y a toujours un canal dans ces régions – où passait une grise péniche allemande transportant de l'essence. L'avion a raté son coup, est reparti vers les nuages. Nous nous sommes redressés, secoués. Et constaté que nous n'étions pas seuls. De l'autre côté d'une haie, un vieux paysan nous a interpellés : « In pourra dire qu'on a eu chiau ! » (prononcez kiau). Puis aussitôt :

— I z'ont débarqué.

— Qui ? Où ?

Nous pressentions la réponse, mais osions à peine y croire. Une si longue attente...

— El'singlés (les Anglais, bien sûr). In Normandie. Dins eun'ville que j'connos nin (point).

Nous avons vite quitté le champ de betteraves, couru jusqu'au village, pour l'annoncer.

En apprendre davantage peut-être. L'information, tout le monde la connaissait déjà. J'ai compris ce jour-là qu'il n'est pas nécessaire de donner des consignes pour répandre une bonne nouvelle longtemps attendue. Elle vole de porte en porte, d'étage en étage, de voisine à voisine, de piéton inconnu à piéton inconnu. « Ils ont débarqué. » « Ils ont débarqué. » « Ils ont débarqué. »

Je pensais les voir arriver dans les huit jours, trois semaines au maximum. Comme les Allemands en 40. La radio de Londres nous avait tellement seriné que les Alliés étaient puissants, dotés d'armes ultramodernes... Seulement voilà : ils piétinèrent.

Reprit l'attente. Les petits boulots. Des images de misère. Comme celle de ce train qui s'arrêta un jour dans la gare du village, chargé de pommes de terre. Pourries pour la plupart. Escorté de quelques soldats allemands qui ouvrirent les wagons d'où elles s'écoulèrent, à demi écrasées, à demi noyées dans leur jus laiteux à l'insupportable odeur. Insupportable, mais des petits commerçants, prévenus on ne sait comment, arrivaient pour en acheter à un vendeur inconnu. Insupportable, mais les gens du pays, dont les provisions de tubercules étaient épuisées au début de l'été, se précipitaient sous les wagons pour récupérer celles qui avaient roulé. De temps à autre, les soldats tiraient en l'air, sans trop de conviction, pour disperser cette misérable petite foule. Elle revenait toujours à la charge, pitoyable. On souffrait donc aussi de la faim, dans ces campagnes que j'avais crues, quelques mois plus tôt, surpris, un peu scandalisé de cette injustice, hors de la guerre qui tuait partout.

Le lendemain, les Allemands avaient disparu. Deux gendarmes français les remplaçaient, vite débordés. Car la foule avait grossi. Aux gens du pays étaient venus se joindre, à vélo, des Lillois et des enfants de mineurs – en grand nombre. Les mêmes qui, pour gagner quelques sous, quadrillaient depuis des mois les villages, porteurs de grands brocs emplis de moutarde d'on ne sait quelle origine qu'ils tentaient de vendre, non sans difficulté car les bonnes gens, mauvaises langues, prétendaient qu'entre deux villages ces gamins se plaisaient à pisser dans leurs brocs.

Ce matin-là, ils semblaient résignés, ces enfants, guère agressifs. Témoins de la misère qui régnait, à quelques kilomètres, dans le bassin houiller, où l'on avait pourtant, à la suite d'une grève dure, augmenté les rations alimentaires.

Massée devant le train, cette petite foule n'avait droit qu'aux restes. Car des camions étaient venus aussi, appartenant à des marchands, des grossistes, ou à ces étranges personnages qui surgissent dans les périodes de malheur, comme j'en avais vu quatre ans plus tôt dans les ruines de Dunkerque, commerçants improvisés qui savent où acheter pas cher pour revendre très cher, dégotter des moyens de transport et embaucher pour quatre sous quelques minables miséreux qui leur serviraient d'aides. Armés de pelles, ces hommes-esclaves arrachaient aux wagons une mélasse de patates, la jetaient dans des camions mal fermés. Le jus blanc, infect, leur sautait au visage, dégoulinait sur les affamés qui, tout autour, ramassaient les pommes de terre tombées en chemin. Plus loin, l'anonyme organisateur de ce commerce pour gueux avait laissé à portée de qui en voudrait un tas de tubercules décidément trop pourris, irrécupérables. Mais il restait encore à récupérer puisque l'on se battait autour de ce tas pour approcher, trier, couper avec canif ou couteau un morceau non atteint, qui ne s'écrase pas sous les doigts, qui ne bave pas une écœurante mousse.

Et puis, les gendarmes arrivaient, repoussaient doucement ces misérables. Doucement, je le répète. Conduits par un agent des chemins de fer tirant sur une courte pipe qui lâcha, vaguement compréhensif, méprisant aussi : « Avouez que le métier est ingrat. » Avant d'ajouter : « Si vous avez peur, allez chercher du renfort. » Finalement, quelques civils à brassards, conduits par un gaillard qui semblait diriger toute l'affaire, allaient « balayer tout ça », comme il dit. Ça : les affamés.

Cette affaire m'avait laissé un tel goût amer que j'en ai pris note, que je l'ai racontée aussitôt en détails, sur un petit journal que j'adressais presque chaque jour à mon père, ce qui me semblait logique pour un futur journaliste.

Quelque temps plus tard, un autre train, tout aussi mystérieux, étant passé par là, nous avons été engagés, mon frère et moi, par un petit fermier du lieu qui avait acheté trois ou quatre tonnes de pommes de terre. Des petits tubercules jaunâtres à l'origine, comme nous n'en avions jamais vu, et de provenance inconnues. Guère plus attirants ou sains que la fois précédente. Mais on se faisait à tout, on supportait beaucoup pour quelques dizaines de francs. D'ailleurs, cet homme ne payait pas trop mal. L'odeur nous a longtemps poursuivis. Elle nous collait au corps, même après que l'on s'était lavés dans une grande cuve. J'en rougissais de honte.

Vers cette époque, des affichettes manuscrites, vite attribuées aux communistes du lieu, apparurent sur quelques murs : elles dénonçaient « les fermiers affameurs », donnant une douzaine de noms et annonçant, dès la Libération, des vengeances.

Le curé, à la messe du dimanche où l'on se pressait, prêchait désormais la paix entre Français, en termes vagues, après avoir longtemps, jusqu'au lendemain du débarquement, chanté les louanges du maréchal Pétain et de son gouvernement, provoquant un jour le départ, très remarqué, au beau milieu du sermon, d'un petit industriel du licu, un notable respecté au noble maintien.

La Libération, la nôtre, se faisait vraiment désirer. Les Alliés, là-bas, à l'ouest, en Normandie, avaient longtemps piétiné. Sur notre carte de France, affichée au-dessus de la cheminée, les petites punaises jaunes étaient restées immobiles, rares. Et voici qu'à la fin de juillet, elles se multipliaient, se déplaçaient. Vers la Bretagne d'abord, avant d'obliquer vers l'est, Paris.

Je m'étais fait engager pour la moisson. La journée durant, je suivais une moissonneuse-lieuse, machine tirée par deux solides chevaux, qui, à mesure qu'elle avançait, coupait et liait le blé en gerbes. Mon travail consistait à rassembler celles-ci, cinq à droite, cinq à gauche, appuyées tête contre tête, épis mêlés, pour prendre l'allure d'une toiture de paille. Ainsi ne souffriraient-elles guère de la pluie, jusqu'au jour où nous les rangerions sur un grand char pour les amener dans les granges.

Des avions, parfois, nous survolaient. Mais l'ère des grands bombardements semblait terminée. Nous en trouvions, dans les champs, quelques traces : des bandes de papier d'aluminium que les avions avaient répandues, la nuit, par dizaines de milliers, pour troubler les appareils de repérage allemands.

Débarquement en Provence le 15 août, libération de Paris quelques jours plus tard. Nous avons craint, un temps, d'être oubliés, laissés de côté, comme souvent. Les troupes alliées de l'Ouest, pensions-nous, se précipiteraient vers l'est pour rejoindre celles qui remontaient la vallée du Rhône et foncer vers l'Allemagne. Il nous faudrait, une fois de plus, patienter. Avec les Allemands sur le dos.

En matière de stratégie, nous étions vraiment nuls. Nous avions oublié que les Anglais souhaitaient mettre rapidement hors d'état de nuire les bases de fusées V1 et V2, « avions sans pilotes », disait-on alors, qui détruisaient et tuaient encore dans leurs villes. Et aussi que les forces alliées avaient un urgent besoin d'utiliser les ports de la Manche et de la mer du Nord, proches de leurs bases anglaises, pour leur ravitaillement.

Les Allemands, quoi qu'il en fût, semblaient décidés à résister. Un bataillon de SS – uniformes noirs, insignes à têtes de mort – s'était installé dans un village voisin.

Un vendredi, le 1er septembre, une de leurs voitures blindées s'installa à l'entrée de notre impasse. Ses occupants, jeunes, bronzés, beaux, semblaient plutôt détendus. Ils avaient trouvé, sans doute volé, une plaquette de chocolat qui me fit envie. Ils fumaient et riaient beaucoup, n'avaient pas des allures de vaincus, finirent par disparaître dans la soirée. Alors, brusque changement de climat. Une sourde rumeur, à trois kilomètres, sur la nationale qui mène de Paris à Lille. Des bruits de moteurs, des échos de voix semblait-il, un tohu-bohu lointain. Nous écoutions, attentifs, depuis le jardin. Ma mère : « C'est le même bruit qu'en octobre 18, quand ils sont partis. Le même bruit. » Elle tendait l'oreille, répétait : « Le même bruit. » Je me demande aujourd'hui si elle ne pleurait pas. J'étais trop heureux, alors, pour m'interroger. Le ciel devenait gris de nuit. Pas une lumière, pas un seul éclair, pas un avion. Mais ce bruit de foule, comme un vague et formidable piétinement. Je tentais d'imaginer les Allemands poussant leurs bardas sur des brouettes, des voitures d'enfant, accrochés par grappes à des bagnoles, comme j'avais vu les Français de 40 le faire. Je n'osais pas vraiment espérer.

Des voisins nous ont rejoints. Deux ou trois mots, puis le silence. L'écoute, anxieuse, heureuse, dans ce crépuscule incertain. La nuit enfin. Attendre.

Le lendemain matin, rien. Un village immobile. Les cultivateurs n'avaient même pas conduit leurs bêtes vers les prés.

Au début de l'après-midi, quelques hommes du pays ont arpenté la rue, des fusils à la main. Deux ou trois se sont installés près de chez nous en embuscade dans les portes, accroupis comme s'ils attendaient quelque ennemi. Qui ne se présentait pas.

J'ai entendu une rumeur dans la rue voisine, je me suis précipité. Des hommes du même groupe, des communistes, avaient sorti de chez lui un adjoint du maire, réputé vichyssois, le houspillaient. Une petite foule regardait, muette, satisfaite, apeurée. Un peu plus loin, comme s'il n'était pas concerné, un jeune fermier, d'allure très moderne, comme on disait, s'était posté au carrefour avec une mitraillette anglaise. Il appartenait à un autre mouvement. J'ai vérifié ce jour-là que les résistants étaient vraiment divisés. J'étais vaguement inquiet aussi, révolté peut-être par les coups qui pleuvaient sur l'adjoint. Un nouvel apprentissage commençait. Les lendemains ne seraient pas de rêve. Je l'ignorais encore. J'étais tout à l'instant.

L'instant, ce fut l'arrivée, brusque, d'une patrouille de blindés anglais. Enfin !

Je ne trouve aucun mot pour le dire. Aucun.

Ce fut trop violent. Trop fort. Trop attendu pour y croire.

Deux chars et un half-track chargé de fleurs comme pour un défilé folklorique s'arrêtèrent devant chez nous. Acclamations, embrassades, drapeaux qui fleurissent soudain la rue, larmes, photos. Tout un village qui se presse, des mains qui se tendent pour toucher, caresser le métal. Non, ce n'était pas un rêve.

Ils étaient vraiment là. Pour toujours, pensait-on. Une famille voisine a fait sortir de sa maison un grand rouquin, un soldat anglais qu'elle cachait depuis 1940. Les autres soldats ouvrirent de grands yeux, l'embrassèrent. Une folie. Ils souriaient, s'étonnaient que nous baragouinions quelques mots dans leur langue, supposant que les Allemands s'étaient souciés de nous l'interdire.

Ils étaient détendus, ces hommes, plaisantaient comme si la guerre était finie, comme s'ils n'étaient pas en avant-garde, en danger. Comme si...

Leur radio crachouillait. Alors, soudain, demi-tour. À en croire les informés et les importants de notre petite foule, ces soldats avaient, en partant, annoncé que les autres, les gros bataillons, arrivaient, qu'ils seraient là une heure plus tard, deux peut-être. Patience. La foule se dispersa. Quelques-uns piétinaient, alignés sur le trottoir, comme dans l'attente d'un défilé avec tambours et clairons. Et soudain, hurlements. Fuite éperdue. Rue vidée. Sauf les drapeaux sur lesquels tiraient les SS d'une autre patrouille blindée, qui balancèrent aussi quelques grenades à manche par les fenêtres ouvertes. Puis disparurent. Dare-dare.

Les résistants ? Disparus aussi. On apprit plus tard que quelques-uns, conduits par un de mes oncles, communiste et ancien sergent de carrière, donc expérimenté, avaient donné l'assaut dans les règles à une grange isolée, et l'avaient trouvée vide, abandonnée quelques minutes plus tôt par les Allemands. Cette équipe-là continuerait à se battre, perdrait trois jeunes hommes, deux jours plus tard, tués par les SS qui gardaient une « poche » de résistance, à quelques kilomètres d'une route où passait une armée anglaise, celle de Montgomery. Mais ils évitèrent de bouger beaucoup...

La mort de ces trois garçons me vaudrait une altercation, violente, avec une voisine – brave femme, bonne Française – pour qui ces morts appartenaient à la « basse classe ». Des bons à rien, à l'en croire. Sauf à se faire trouer la peau. Tandis que les honnêtes gens se contentaient d'applaudir et de compter les points. Rage. Pleurs.

Retour en arrière : ce premier soir, après le passage des deux patrouilles adverses qui s'étaient ratées de peu, ou s'étaient fuies, rien de plus n'arriva. Le silence de nouveau, oppressant. Même pas un coup de canon. Les drapeaux retirés, un début d'incendie étouffé, les rues vidées, des voisins s'assemblèrent pour se rassurer.

Vint la nuit, incertaine encore. Impossible de se séparer, de se coucher. Autour des lampes à pétrole, les hommes racontaient des histoires, s'interrompaient soudain, tendaient l'oreille. Le silence toujours. Rien à voir avec le terrifiant vacarme connu quatre années plus tôt, dans ma ville assiégée. Je pensais que ces villageois, autour de nous, ne connaîtraient donc jamais le vrai visage de la guerre. Et cela me poursuit encore, ce sentiment de la folie de cette immense bataille, ce siège de Dunkerque, un souvenir indicible, impossible à exprimer, à transmettre.

Au petit matin, un bruit de chenilles a coupé le silence. Deux chars anglais qui ne se sont pas arrêtés. Le premier s'est fait avoir un kilomètre plus loin par un canon allemand qui, besogne accomplie, s'est empressé de disparaître. Dix minutes plus tard arrivait enfin le gros de la troupe. Des blindés et encore des blindés, des chars, des half-tracks, des autoscanons qui avançaient à trois de front, écrasant les trottoirs de cette rue étroite. Nous étions plaqués contre les murs, époustouflés, émerveillés. Le canon tonnait plus loin, mais ceux-là ne s'en souciaient guère, trop pressés, si rapides que les premiers furent le même soir à Bruxelles. Nous allions découvrir bientôt les jeeps, les jerricans, des camions de toutes formes. Nous ne nous lassions pas d'admirer, d'applaudir, de crier notre joie.

Quelques jours plus tard, deux hommes de la ville voisine, un peu chansonniers, allaient célébrer cette arrivée à leur manière – tout devient vite chanson dans cette région – sur l'air de « En revenant de la revue » :

« R'vete ches tanks si c'est bien foutu
Ils ont œuvré[1] là d'sus jour et nuit
Et l's'aréos ch'est incor mieux

1. « Travaillé ».

Ils n'd'ont même fait avec deux queues [1]
Ils ont l'radio sur leurs autos
Avec des antenn's d'tros mètres de haut
Et l'chauffeur qui est su l'côté
I n'arrête point d'vous saluer
Sans avoir la berlue
In veyot dins ches rues
Des Inglés et d's'Américains
Vraiment c'est tout des gins très bien
(...)
Sans hésiter, il faut les acclamer
Ils ont délibéré cheul' terre française. »

Je n'ai jamais su pourquoi le patois de la région préférait alors « délibérer » à « libérer ». Qu'importe. Cette chansonnette, vite répandue et aujourd'hui oubliée, disait assez un éblouissement partagé.

Il se mêlait chez nous, pourtant, d'une sourde inquiétude. Que devenait notre ville où mon père était resté ? Les ports voisins, Boulogne, Calais, Anvers même, étaient libérés. Pas de nouvelles de Dunkerque, jamais cité dans les communiqués. Il fallut se rendre à l'évi-

1. Allusion aux Ligthnings, avions à double empennage.

dence. Un amiral allemand tenait la ville et le port, avait, pour les défendre plus aisément, inondé les polders qui l'entourent. Comme Foch en 1918 et d'autres Français en 1940. Les Alliés ne s'étaient pas obstinés. Ce port aux quais défoncés, aux bassins encombrés depuis quatre ans de navires coulés, renversés, ne leur servirait de rien. Anvers, en revanche, enlevé par les Allemands en deux temps et trois mouvements en 1940, ne présentait aucune plaie et était, de surcroît, bien équipé.

Une brigade de Tchèques libres fut laissée autour de Dunkerque, accompagnée de bataillons des Forces françaises de l'intérieur hâtivement constitués, mal équipés, qui souffriraient beaucoup du froid, de la faim et de l'eau partout présente sur la plaine inondée. Une trêve, conclue pour évacuer les civils, acheva de montrer que l'on n'était pas pressé d'en découdre.

Notre père se retrouva dans une bourgade, à vingt kilomètres de la ville, vint nous retrouver parfois le dimanche, sur son vieux vélo à pignon fixe.

De nouveau l'attente, exaspérante. Jusqu'au 9 mai. Pas le 8, jour de la Victoire de 1945 et de la paix en Europe. Le 9. L'amiral allemand Frisius, qui faisait pendre ses soldats déserteurs tout en haut du beffroi de la ville – nos hommes des avant-postes, quelques notables de passage aussi les regardaient à la jumelle –, cet amiral obstiné, ne se résigna à capituler que le dernier. Notre ville, trente fois assiégée en un millénaire, battit un nouveau record – celui de la plus longue occupation – dans l'indifférence générale. La France avait toujours faim, les politiques s'empoignaient, mais on dansait à tous les coins de rue, on criait victoire, on brûlait des effigies d'Hitler. Nous...

Trois ou quatre semaines plus tard, mon frère passant le bac à Lille et mon père ayant été envoyé à l'école de police, j'accompagnai ma mère en exploration dans la ville où les civils étaient enfin autorisés à pénétrer, les principales artères ayant été déblayées. Un antique train brinquebalant, dont les roues crissaient sur les rails rouillés, nous y mena en quelques heures, interminables. Il n'existait plus de gare, guère de ponts, l'herbe poussait entre les pavés des rues, quelques prisonniers allemands déblayaient, nonchalants, les tonnes d'immondices qu'ils avaient produites en quelques mois commençaient de déterrer des mines. Mais le soleil brillait.

Nous avons retrouvé la rue de la Paix. La

maison tenait toujours debout, ouverte à tous vents, percée d'un trou d'obus, vidée de tout meuble, jonchée de débris, de vieilles fringues puantes et de plâtras. Mais nous étions de retour.

J'ai rencontré dans la rue un de mes anciens copains, un champion au jeu de billes. Nous nous sommes regardés, interdits. Tout recommençait enfin. Je cherchais, sans les trouver, des mots et des gestes à la mesure de mon émotion. Et puis, je lui ai pris le bras, je l'ai serré.

Il a crié, surpris :

— Merde, tu me fais mal !

Décidément, il me faudrait apprendre à vieillir.

DU MÊME AUTEUR

Romans

LA GRANDE TRICHE, Grasset, 1977.

UNE VOIX, LA NUIT, Grasset, 1979.

LA RUMEUR DE LA VILLE, Grasset, 1981.

MARIA VANDAMME, Grasset, 1983, Prix Interallié.

ALICE VAN MEULEN, Grasset, 1985.

AU DÉBUT D'UN BEL ÉTÉ, Grasset, 1988.

CATHERINE COURAGE, Grasset, 1991.

LAURA C., Grasset, 1994.

THÉO ET MARIE, Robert Laffont, 1996.

LES HÉRITIÈRES : ALINE (1), AURÉLIE (2), CÉLINE (3), Plon, 2001.

Biographies

SAINT ÉLOI, Fayard, 1985.

JEAN BART, Le Seuil, 1992.

Essais

LES PRÊTRES, Grasset, 1965.

LES CATHOLIQUES FRANÇAIS SOUS L'OCCUPATION, 1966, nouvelle édition Grasset, 1986.

DEMAIN UNE ÉGLISE SANS PRÊTRES ?, Grasset, 1968.

DIEU POUR L'HOMME D'AUJOURD'HUI, Grasset, 1970.

LA GAUCHE DU CHRIST, Grasset, 1972.

LES 13/16 ANS, Grasset, 1973.

LE DIEU DE JÉSUS, Grasset, 1977.

LES VENTS DU NORD M'ONT DIT, Albin Michel, 1989.

JÉSUS, Flammarion, 1994.

LE DIEU DE JÉSUS, Grasset, 1997.

LE BONHEUR EN 36 VERTUS, Albin Michel, 1999.

DIEU EXPLIQUÉ À MES PETITS-ENFANTS, Seuil, 1999.

LES ANNÉES JEAN-PAUL II, Édition° 1, 2000.

POUR COMPRENDRE LA GUERRE D'ALGÉRIE, Perrin, 2001.

La composition de cet ouvrage
a été réalisée par Nord Compo
à Villeneuve-d'Ascq,
l'impression et le brochage ont été effectués
sur presse Cameron dans les ateliers
de Bussière Camedan Imprimeries
à Saint-Amand-Montrond (Cher),
pour le compte des Éditions Albin Michel.

Achevé d'imprimer en mars 2003.
N° d'édition : 21452. N° d'impression : 031400/4.
Dépôt légal : avril 2003.
Imprimé en France